时间的岛

贾森　著

上海三联书店

【时间的岛】
还记得那个日落黄昏后的约定吗？如果记得，
那就在黎明破晓前出发吧！

都过去了，过去的事就让它过去吧。
人生没有如果，但是美好的当下很多，比如此刻的音乐、夜色……

【时间的岛】

【时间的岛】

年轻时赚一把回忆也是一件美好的事情。

不回忆，不回眸，反正也不回头。

贾森，摄于大理洱海，2014年秋。

这场夜晚十点半的上海盛夏，蜷缩在沙发眯着眼，凝视着窗外流光溢彩软香红土的淮海路。客厅桌上的两根红色蜡烛仍在燃烧，伴着又斟上的这杯红酒，微醺的阿木正讲着时间的故事。

目录

一把木吉他

“外面下雪了!”跟我挤在沙发上的朋友惊喜地喊道,我目光转向门外,雪花悠然地躺在风中,来不及展现更多婀娜的身姿便落了下来,落在屋顶、树上、院子的每一个角落。有人起身轻轻踱步到庭院中央,如此晶莹剔透的雪花,耀眼夺目,每一片都是一个温馨的梦。被大雪冰封的温度让我不禁打了个冷颤,我感叹道:“外面的世界真精彩。”

空气中弥漫着透彻的凉意,我冷得抱成了一个小团,和几个朋友围坐在屋子里的沙发上。不得不承认,冬日的严寒往往能拉近人之间取暖的距离。我们在看一部热播的节目。突然,电视里一个熟悉的人像闯入眼球,我不由得皱了皱眉头,稍许后嘴角才舒展开来。其他人的视线都继续停留在室外的飘雪,电视里一个年轻帅气的男孩，他一双漆黑明亮的眼睛，皮靴，牛仔装，正手握着一把木吉他深情地演唱。

门外的雪越下越大，从开始时零碎的雪粒到后来飘荡的鹅毛大雪，纷纷扬扬，或飞翔在天际，或盘旋在屋顶，或直直地快速坠落铺落地面。争先恐后一片片地给大地盖上羽衣，华丽的楼宇、霸气的门楣、五彩斑斓的装饰都统一了着装，谁也不比谁显得高贵。电视继续播放着，一群年轻人因寒冷靠得更近了，我也挪了过去。他们窃窃私语："他手紧紧地握住木吉他，像是握住了信念！"我看着屏幕上这位音乐人手里握着的木吉他，视线开始变得模糊，思绪飘到了十年前……

1

十年前，临近国庆，那是我第一次在上海租房。由于那次是我刚进入社会的起步阶段，日子极其艰难，囊中羞涩，选择自然不多，加上靠近市中心、靠近地铁站、现代小区高层等这样的条件，几乎就只剩厕所可以租了。在网上挑了好几天房，最后拨通了看房电话。

恰是一个秋高气爽的午后，空气中透着丝丝凉意。这是中介不耐烦地带我看的最后一套房，世纪大道地铁站附近，花园式小区，房间在十九层。推开房门，是两条狭窄的分岔走廊，顺着进门方向的是一个大房间。中介说："里面住着三个跟你年龄相仿的男生，他们是同乡人。"另一条垂直进门方向的是一个小房间。房间里只有一张床、一张桌子和一个衣柜。离门一米处的单人床紧靠着墙，八十厘米宽的桌子紧贴着床头，衣柜门打开一半能碰到床边，这就是整个的空间。对这个房子，其实我内心是拒绝的，房间实在太小了。唯一让我满意的是墙上的大推拉窗，它让整个房间很敞亮，却也让冬天特别寒冷。我看了一眼中介期待签单的眼神，说："这个窗户还行，算了，就这间吧！"说完下楼就付了定金。

不久放假，我便搬了进来。我站在推拉窗前凝视着这座城市，想起刚来上海时，一个人左手提着硕大的编织袋，右手拉着沉重的行李箱，自信地前行，感觉一切充满了希望。我看了一眼这狭小的房间，叹了口气，心里默默地想着"偌大的上海，为什么连一个小角落都不肯给我？"群租房没有公共空间，进大门后，各回各的房间。大多数的情况是只听见开门和关门的声音，然后人就不见了。偶尔听到有人在过道说话，也不好打开门。房间里的活动，全靠声音判断，只闻其声不见其人大概描述的就是这种生活状态。

有一天，我在家睡觉，忽然听到短而急促的敲门声，不知来找哪户的就没理会。后来敲门声越来越大，把我彻底吵醒，我气冲冲跳下床，在走廊里边走边喊："谁啊？"门外说道："送快递的。"快递物件栏的字体已经模糊不清，但是收件栏清晰地写着："多吉格桑。"我敲响了另一间房门，敲了很久都没回应。晚上我听到有人进房间的脚步声，我打开门，看见一位深蓝牛仔装的短发男生拖着疲惫的身躯回来，五官立体，帅气逼人。他用那双深邃又清澈的眼眸看了我一眼，说："你好，什么事？"我问："你是多吉格桑？"他点头道："对。"我把快递递给他，他双手小心翼翼地接住。这时正巧 Frank 也拖着疲惫的身躯下班回来。多吉格桑问："小米没回来？"Frank 说："他跟女朋友约会呢。你工作找到了吗？"多吉格桑低声说："还在等消息。"话音刚落，我看了看这狭小的 20 多平米的空间，阳台旁边用帘子隔挡起一张硬板床。这是他们三个同乡人海漂的生活环境。多吉格桑看了一眼快递，微微点头道："谢谢。"在他关门时，回头对我礼貌地说："晚安。"我也礼貌地回应："晚安。"那一声晚安，打破了群居的冷漠和孤独，像一阵轻风浮过原野。

一个周末晚上，窗外霓虹闪烁，窗内多吉格桑正弄着小火锅。后来，多吉格桑到我房间，说："既然大家有缘住在一个房子，那就认识一下吧。"虽说是同龄的年轻人，但他出生于西北大山，身体里流淌的藏族血液，给他带来了更多粗犷的成熟。我下楼在超市又买了些熟食，手里还拎着一打啤酒。小米把从老家带来的土特产拿了出来。多吉格桑倒满酒，对我说："以后，你也是我们的兄弟了。”他说这话时，Frank 和小米在旁边一直频频点头。大家举起酒杯干了，趁着夜色聊起了：“为什么来上海？”

多吉格桑目光迷离，像是跌进了时间的湖泊，说：“当年离家的场景还历历在目。家人不同意我外出闯荡，说出生在贫困的大山，没太多知识和文化，也没什么出路，到了年龄就该在家结婚生子。但我想去外面闯闯。当晚跟家里大吵了一架，背着行李就去了火车站。火车开走时，看着窗外潸然泪下。很多人说那是一种跟过去的告别，其实只有我自己知道那是一种很深的无奈。”我静静地听着，他说完长长地叹了一口气。

多吉格桑叹完气后，显得轻松许多。他顿了顿，继续说：“小时候，每当站在落日的山顶，我就会幻想自己是飘到高空的风筝，远走高飞。我就不相信没有机会走出大山！”那一刻我看到多吉格桑在倔强地反抗着命运。小米紧接着说：“来到上海，第一件事就是跑去外滩吹风。”Frank 打断了小米的话，激动地背诵：“晚上的外滩很吸引人，轻风拂面，流动的车灯，对岸的霓虹灯，涌动的人潮，一番热闹景象。路灯散发着迷幻柔和的光芒，照亮了这座不夜城。在那个风衣飘飘的年代，电影《上海滩》风靡一时。这里发生过许多故事，太多的人来这里追寻梦想，我们也不例外。”多吉格桑说：“这些都是 Frank 日记里写的。虽说他上学不多，但吟诗很厉害。刚来上海就给自己起了一个洋气的英文名字'Frank'",我咯咯地笑出声。

多吉格桑用低沉粗犷的嗓音喊了一声"喝",一口闷掉杯中的酒,然后又满上。小米和 Frank 酩酊大醉,嘴里却不忘咕咕叨叨:"以后一定要发财,搞出点大事情,整个上海滩都是我们的。"窗外的灯没市区多,借着微弱的灯光,三兄弟烂醉在夜里。那个时候他们精力异常旺盛,什么都敢想。他说这些的时候,我总能想到上个世纪大浪淘沙的上海滩,只要有胆识和智慧就有机会出人头地,鼓励着后辈的闯荡者。我问:"大家现在工作都怎么样?"话音刚落,多吉格桑说:"甭提了,跑了好几家,都没结果。还在找。"小米和 Frank 也表示:"还在等消息。"

微醺的多吉格桑淡淡地微笑了一下,突然开口说:"我曾深埋了一颗音乐的种子,我深信它一定会发芽。我要争一口气,不是想证明我了不起,只是想证明通过自己的努力,我可以改变自己的命运。"

后来,多吉格桑跑遍整个新天地,最后只有一个西餐厅留下他当服务员。西餐厅多了梧桐的掩映,闹中取静。刚去的时候,被人看不起,遇到委屈的事情,他都是躲在西餐厅后面的梧桐树下抹着眼角泛起的泪花。多吉格桑在这里遇到了很多外国人和一些高端人士,竟也开阔了眼界。他像是渴了很久的牛犊看到了溪水一样,贪婪地不顾一切地尝试跟老外聊天,闹了很多笑话,但英语口语却有了起色,还交了不少外国朋友。

小米梦想当一位摄影师，在人才市场找了份摄影助理的工作。他幻想着每天能操作几把拉风的机器，摸确实是摸着了，扛着沉重的器材到处跑，每天都筋疲力尽。Frank迷恋陆家嘴这种高端办公室里有模有样的生活方式。开始时西装革履地坐在高级写字楼里，一个星期的培训后，在街边发了长达三个月的传单。每天风吹日晒，汗流浃背，精致的发型变得凌乱。在他的世界里，现实和理想来了一次猛烈的碰撞，差点粉身碎骨。

每晚躺在房间聊一天的故事，成为大家的必修课。小米从床板上探出头兴奋地说："今天跟着摄影团队去了东方明珠……"Frank把跷在凳子上的腿拿下，从旧沙发上坐了起来，把小米的话语换个方式记录在日记本上："东方明珠，古拙秀巧，明珠镶嵌在塔上，宛如一个女子深邃的双眸。它不仅美丽有内涵，同时它也散发着活力和朝气，以其独特的魅力吸引着我。我有幸站在它的肩上眺望整个上海，高低的楼群，看不完的城市，无限延伸直到世界的尽头。"写完不忘来两个三角肌和肱二头肌的展示，边展示边说："看，今天的肌肉线条更明显了。"多吉格桑回头看了他一眼，继续眯着眼练习着胸腔共鸣的发声技巧。这些日子，他们简单得如同梵高笔下没有上色的向日葵，也是大家最快乐的时光，谁发工资的时候，就会请大家一起吃顿大餐。这样忙碌的日子一过就是很久。

2

这座城市夜晚的灯光散发着魔力,让人陶醉。在朋友的帮助下,多吉格桑去了音乐酒吧工作。酒吧里有演出舞台,舞台上陈列着音响设备和乐器。这是一个崭新的开始,晚上有音乐人jam session的演出,也是多吉格桑第一次近距离接触到音乐的机会。虽然每天洗玻璃杯端酒倒酒一直到深夜,但他还是觉得幸福。每晚看到歌手拿起台上那把木吉他弹唱,唱完又放下,一切都很美好。他兴奋地看着这一切,也渴望有一把木吉他。他整整攒了三个月的钱,省吃俭用买了人生第一把木吉他。拿到这把木吉他,兴奋地摸了一遍又一遍,爱不释手。他流露出了难以掩饰的喜悦,说:“今晚要抱着吉他睡!”谁也不曾想到一把木吉他改变了多吉格桑的整个青春。

从爬格子到和弦,从C调到F调,从清晨到深夜,只要一有时间便苦练吉他。学习之初,或许得益于多吉格桑的刻苦练习,进步很快。我时常去多吉格桑房间听他弹琴唱歌,每次我都能摸几把他心爱的吉他,他就调侃一番:“你这个和弦的大横按弹得是如此轻松。我小拇指按压琴弦异常疼痛,感觉每一次都是用生命在弹奏。”好几次去多吉格桑那边,都看到他手指尖有水泡,每次他都用针挑破,继续按压琴弦练习。他每次弹完,就拿起琴布对着木吉他擦了又擦，直到一尘不染。多吉格桑兴奋地说："按现在的进步速度，弹唱一首歌指日可待。"

有一天，多吉格桑正在房间弹琴，突然听到敲门声，门外一个陌生的女生发出轻微的声音："你在做什么!"多吉格桑连忙回答："我在弹琴，有什么事?"她问："吉他弹唱是不是你?"多吉格桑当时心怦怦跳。他急忙答道："是我，你是要一起弹吉他吗?"门外突然没有声音了。难道这是要表达赞扬，难以启齿?多吉格桑继续弹着，更大声了。正尽情陶醉时，敲门声又响了起来。只见门外大声喊："别弹了，吵到我学习了。"多吉格桑慌忙停了下来，膨胀的心急剧萎缩，像刚吹好的气球，砰地一声，灰飞烟灭。多吉格桑说："不好意思，打扰到你了。"他静止了，接下来，干什么都蹑手蹑脚，大气不敢出。门外降低了音量说："最近忙考试，过了这个阶段就好了。"从此深夜十点，我再未听到多吉格桑的吉他声。

上海的冬天多是湿冷的，很少下雪，阳光灿烂的日子也不是很多。晚上洗个热水澡成了一种奢侈的享受。有次听到有人从洗澡间出来，我拿着洗漱用品打开门，看到多吉格桑刚从浴室出来。多吉格桑看到我，说："我刚洗完，水有点凉，你再等会儿。"我问他："最近放弃练琴啦?"他说："没，一直在练。练琴时，用左手轻触琴弦，不让吉他发出声音。"我对他竖起了大拇指。就像这样在一来二去的交错和有意无意的接触中，慢慢地我跟多吉格桑变得更熟络了。始于颜值，终于人品，我俩成了好兄弟。后来多吉格桑吉他练得熟练了，准备去街头练唱。

有次看见多吉格桑时，他正站在在繁华的静安寺地铁站唱着“石榴子开花吗？叶叶子黄呀……”一头长发从后面扎起来，汗珠顺着他的脸颊清晰地流了下来，显得格外地有魅力。面前的吉他箱里零星地散落着几张小额纸币和多枚一元硬币。前方的路边花栏台阶上，坐着几个遛弯的大爷正在小憩。多吉格桑休息时，拿起放在音箱旁的矿泉水，喝上两口，润润跟天气一样燥热的嗓子。我走了过去，说：“你头上挺酷！”他笑了笑，说：“装饰，前两天不小心磕到头。”他好奇地问：“你怎么来了？”我说：“下班正好路过。”他边说边用力握住吉他游刃有余地畅游高低音区，偶尔带着真假音的自由切换，身体里蕴含着惊人的爆发力，唱响了整个黑夜。

我陪多吉格桑去卖过一次唱。在热闹的街头广场，广场上行走着衣着时尚的年轻人，大多数都是匆匆而过，只有少数听到熟悉的歌会停留刹那，给钱的寥寥无几，真正给钱的又不会驻足停留，路过随手丢下扬长而去。多吉格桑当晚唱得特别卖力，像是在开演唱会一样，我反而因这种形式感觉到胆怯和羞涩。那天挣得比较多，只因一个醉汉来来回回投了好几次钱。多吉格桑说：“在上海藏着大量的流浪歌手，追求音乐的路上，靠唱歌来维持着拮据的生活，住在阴暗潮湿冰冷的群租房。”已是深夜，唱完收拾好音响设备，我们蹲在地上抽了根烟，远处传来高跟鞋的声音，在寂静的夜里显得异常的清脆，多吉格桑说："白冰来了，我的一个朋友。"后来白冰说："第一次看到多吉格桑时，看到了另一种生活方式，好像屏蔽了这城市的喧嚣，那吉他声和声带发出的呐喊，好像自己才是城市的主角，这种状态很好。这是我来上海的第四年了，在硕大的上海郊区赶着夜路，有些孤单。"我站在黑夜中说："我要暂时远离这喧嚣的都市。下周，我要去一趟大理。"多吉格桑，问："旅行?"我顿了顿，说："我赴一场日落黄昏后的约!"多吉格桑微微一笑："关于爱情?"我斩钉截铁地说："两个夏天!"大家都笑了。

从大理回来后，在地铁口见不到多吉格桑的身影。我发信息问他："最近怎么不见你了?"他说："恋爱了，换了个离她近的地方唱。她就是白冰，在卖唱时人群中一眼情定终身的那种，现在在中央商务区 CBD 上班，每天下班都会送吃的过来。"言语间洋溢着炽烈的幸福，陷入爱情欲罢不能，这段日子是他阳光灿烂的日子。

有次我正在公司加班，突然接到多吉格桑的电话，他说："有空吗? 回来参加我的生日会。"我推开房门，Frank 和小米正摆放着食材，房间角落整齐地陈列着音响设备和吉他。闲聊片刻，大家在开怀大笑中开始了多吉格桑的生日会。食材极其简单，木质方桌上摆放着一只烤鸭、几个家常菜和多瓶啤酒。我们有力地碰杯，啤酒瓶碰撞发出的清脆刺耳的“Duang”和因用声不当导致的声带嘶哑而发出的一声“喝”中，藏着多少对未来的期许。

晚到的白冰，进门就跟大家表达歉意。再见白冰，淡妆浓抹，长发垂肩，高挑的身材，端庄的衣着，多吉格桑是幸运的。白冰的到来使这简陋的小屋蓬荜生辉。白冰浅浅一笑，说：“房间从外观看有些破旧，但是走进来有浓浓的生活气息。客厅不是很大，但挤满了人，有笑声、有掌声、有爱，这样的日子感觉很温馨。”通过白冰端庄优雅的坐姿和恰当的言谈举止，看不到太多的激情，也不会丢掉太多的热情，俨然已褪去学生时代的青涩，成社会职业人。灯光照射下，房间是色彩斑斓的，没有透风的墙壁，没有漏雨的夜晚，大家微醺的脸是那么的年轻，我们都觉得很幸福。多吉格桑用手撩起垂下的发丝，满脸幸福地说出当年的生日愿望：“希望大家就这样一直好下去，青春不散场。”白冰塞给了多吉格桑一个生日礼物，说：“不管现实是多么的残酷，你都不要忘记最初的理想。”那晚只有白冰清醒，我们四个喝得烂醉。

那段日子，小米用攒下的钱买了一台专业的单反相机，正式开启了自己的摄影之路。起床就拎着相机街拍，一直到深夜拖着疲惫的身体回来。在这种披星戴月的苦日子里刻苦专研摄影技术，很快便接了一些很小的私活。Frank通过了发传单实习期，正式开始电话销售。每天打上百个电话，晚上回来后，双耳像是开了大型摇滚乐会一样轰鸣，十分难受。那时，他想拥有一个完美的身材，迷恋上了健身。每天两个小时的疯狂训练，挥汗如雨，仰望着墙上那张施瓦辛格的肌肉线条图片充斥着那段激情燃烧的岁月。

深冬到来，空气急剧变冷，寒气透过大窗户渗进来，我瞬间就像是掉进了一个冰窖，夜晚的刺骨让我很难入眠。这是空调坏的第三天，我加盖了两床被子，还是觉得冷。外加二手房东的冷漠，我发誓必须解决空调不制热的问题。我又一次拨通了房东的电话，他便答应过来修理，但是空调机柜在多吉格桑的阳台，必须等他回来才能修。多吉格桑接到电话就赶了回来，他刚打开门，一行人闯入他的房间，穿过拥挤狭窄的步道，视线越过此起彼伏的山丘，踏过琳琅满目的平原，终于到达视野开阔的观景阳台，画面像是一群脱缰的野马奔出围场。他站在门后斜视了我一眼，对房间的凌乱无序，羞涩地说："今天没打扫，乱吧？"我说："房间虽堆满物品，小却温馨。"

修空调的师傅不小心把多吉格桑挂在阳台的红色围巾刮掉了。围巾像一只飞鹤随风飘舞，一条长长的丝带在空中盘旋，所有人都看着那条飘落的围巾，死一般的寂静。我急忙推开门，冲到楼下时，围巾已落到了地上。我抬头向上看，多吉格桑正趴在阳台向下望。我看着落在地上的围巾不知所措，胆怯地走了过去，小心翼翼地拾起。拍了拍尘土。虽然地上的灰尘染脏了它，但是围巾散发着阳光的味道，清新自然，那是谁对多吉格桑不能言说的爱。我上楼对他说了一句："实在抱歉。我给你买一条。"多吉格桑看出了我的内疚，他连忙说："不用。不用。我就喜欢这条。其实我不知道这条围巾是谁送的。围巾里面包裹着一些钱，还有一张卡片，上面写着：送一条红色围巾给你，愿它一直温暖着你。一个人在外，照顾好自己……"

生活不总是如意的。后来的一天，我正准备睡觉时，突然接到多吉格桑的电话，他说："我失恋了。"当时刚唱完歌，白冰突然站在他面前顿了一会儿，说了一句："我们分手吧。"转身就走了。留他一人僵硬地站在空无一人的街道。后来多吉格桑失落地走着，无意间闯进了灯红酒绿的街区，透过朦胧的磨砂玻璃窗，隐约看到一群浓妆艳裹的女人站在门后，一男子刚从粉色的房间出来，点上一根烟，飘飘欲仙。多吉格桑看到这场景时，嘴咧得无奈又无助。

第二晚，多吉格桑买了礼物到白冰家楼下。从傍晚等到深夜，最后听见"哒哒"的高跟鞋声，敲醒了疲惫的多吉格桑，朦胧中看见白冰走来。多吉格桑扔下最后一根夹在手指间的烟头，站了起来。白冰表现得很平静，好似见惯了这种场面，径直向前丝毫没有停下来的意思。多吉格桑喊住了她，伸手递给她拎在手里的礼物，白冰没有接，只听到"哐"的关门声，惊醒了整个楼道的感应灯。凌晨,白冰再打开门,只见昏黄灯光下的多吉格桑蹲在冰冷的地上痛不欲生。看着多吉格桑的身影,白冰走过去和多吉格桑说了一句:“今天是我们最后一次见面,以后便不要见面了吧。”

多吉格桑那段日子的状态是恍惚的。在他的祈求下,我答应他找一次白冰。我们约在中山公园,那是她和多吉格桑以前常去的地方。幽深僻静,树下散落着休闲的人,我坐在灌木丛边的长椅上,静静地抬头看天,任思绪乱飞。白冰从我身边走过的时候,脚步放地极慢。我望向她,站起来跟她打招呼。她犹豫片刻,停下了脚步,我们坐了下来。简单地寒暄过后,我向白冰道出了此行的目的:“想来你也知道我找你的原因,多吉格桑最近一直把自己关在家里……”白冰苦笑一声反问我:“成年人的世界,大家都只会向前看不是吗?即使你千百个不愿意,生活只会逼着你拼命地往前走,谁会在意你是不是失恋,有没有交房租,过得快不快乐?写报告,完成KPI才是你在这座城市必须完成的事。他只能靠自己。”

“那你现在……?”

“我现在无所谓开不开心,只想着如何在这座城市生存下去。”

我转过头望了她一眼,她的眼神似乎没有在多吉格桑生日那晚那般明亮。我对她的答案无言以对,我自然知道在这偌大的上海城，想要体面地活着，付出的艰辛不是谁都能承受的。

道路在金晃晃的空气中斜切下一溜荫凉，宽阔的林荫大道下，一个滑轮椅的老伯正从东边向西边缓慢地滑动，两只手架在轮椅支架上，用力地一圈又一圈地滑动着，旁边有小孩在不远处踢着橡皮球嬉闹着，高大幽深的丛林好似吞没了周遭的一切。我们都是这画布上的小方格，没有一丝声响，这一切看起来就像轮回。终于白冰打破了来自周遭灌木丛的沉寂，她坐直了身体转头问我："你不好奇我和他是怎么在一起的吗？"

我点头表示回应。

她娓娓道来："来上海不长不短也有五年了，大学毕业以后带着一腔热情来到这里，那时候年轻，不知天高地厚，以为自己是最了不起的那一个。直到被生活摧残到血肉模糊。现在回想起当年的自己真是可笑。"

我无意间看了她一眼，微微摇头的她，眼神中透露着空洞，嘴角不经意间上翘露出对以前的自己多么不屑："几个月前的一天，感冒加重的我因为犯了些工作上的错误，再次被老板骂。下班的路上我突然不知道明天在哪里了，继续重复毫无新意的一天？还是逃离这曾经让我心驰神往的上海城。我不知道答案。直到我拖着无力的身体走到了多吉格桑面前，那晚的他站在十字街角的路边，周围零零星星只有三四个人在听歌。可他的眼神坚定，充满热情地面对这座城。我忽然看到了初来上海的自己，单纯，热情……鬼使神差地我要了他的联系方式，后来每天我都去那里听他唱歌，好像工作、生活的烦恼在那个时刻都烟消云散了。对于那个时期来说，我没有办法拒绝一份爱情的到来，就好像卖火柴的小女孩没有办法在寒冷的冬夜拒绝一根火柴的温暖。所以在他表白之后我们在一起了。”

白冰沉默片刻，我没回头看她，只感觉她的手抬起在脸上拭去些什么，“当你忘了自己的时候，生活会给你一巴掌让你清醒，过了刚开始的甜蜜期，我们开始争吵，工作上的烦恼、生活的压力，我开始变得暴躁，任何一点小事都可能成为我们吵架的借口。终于再一次争吵之后，我忽然觉得原来像我这种人连爱情都不配拥有。我向现实妥协了……”

她顿了顿，陡然降了声调，像是即将终了的音乐：“还是要离开他，这次中山公园是个终点亦是新的起点！希望彼此都好，青春如歌绽放，因为人清晰地认识到自己后，可能才会有无限的未来。但愿从今天开始一切都是崭新的。”她说完又重复了一遍：“一切都是崭新的！”她站了起来和我告别，临走时给我的一句话是：“让他勇敢坚定地向前走。”她迈着坚定的步伐，转身就离开了。我看着她离去的背影渐行渐远，像是她知道了生活的答案一样。我站在一条宽敞笔直的高大灌木丛树下，对着空气发出无力的感叹：“突然觉得我救不了任何人，我甚至连自己都救不了。”

失恋的多吉格桑唱歌也找不到情到深处的感觉，决定暂别上海回趟家乡。深夜，火车上的人是疲惫的，车窗外路灯不间断地闪过。他借着微弱的灯光拿出了日记本和笔，把忧伤写成岁月的歌。旅途的劳累让多吉格桑迷迷糊糊地入睡极快。东方破晓，朝霞漫天，这是多吉格桑的家乡。走在乡间的小路上，空气中弥漫开来的是熟悉的味道。多吉格桑感觉到轻松又自在，连脚步也变得轻盈，像风一样自由地跑了起来。清风，野草，花香，山间的流水与天边的云。于他而言，终究还是在家乡，心才会得到暂时的放松。

3

一个阳光明媚的午后，空气中弥漫着桂花香。我走在路上打电话问多吉格桑："什么时候回上海？大家都很想念你。"他在电话里问我："你有没有过迷茫无助的时候？"我说："跳国标受伤时，生活一下失去了方向，把自己关起来消磨日子。"他问："怎么度过的那么多个难熬的夜晚？"我低着头，沉默了许久。后来抬起头，说："对美好生活的向往！"多吉格桑笑了笑，问："是不是西西治愈了你？"我点了点头，说："那也是我最后一支舞！"他问："后悔追梦吗？"我说："一点都不后悔，倒是有些遗憾，遗憾人生中找到了挚爱，却难以为继。但人总是要重新来过的，回归正常的工作和生活。你最近怎么样?”他说:“老家真是个好地方，不管遇到什么困难，只要站在大山上，大声地吼两声就好了。神奇的自愈能力是上苍的馈赠。”他舒缓了口气，说:“生活总是很微妙，刚给你一根胡萝卜，后面紧跟着是当头一棒。”我抿了抿嘴，只好安慰他:“上帝给你关上一扇门的时候，总是会给你开启一扇窗。”那段岁月是多吉格桑青春中浓墨重彩的一笔。

多吉格桑调整好状态再回到上海，似乎有点陌生。回来不久就投入了酒吧的工作。有次他在吧台洗玻璃杯，待客人走完后，他走上舞台拿起台上的吉他，老板举起酒杯不屑地说:“你会弹吗？快过来洗杯子。”还在说时，多吉格桑拨起琴弦唱响了《外面的世界》，老板拿起的酒杯又放下了。之后，每晚乐队演出之前，他便有机会上台唱两首暖场。有一天，深夜三点打烊后，老板叫他过来喝一杯，语重心长地说:“从明天开始你不用再洗玻璃杯了，每晚过来弹唱几首歌就可以了。”多吉格桑是个认真的年轻人，每个机会都格外珍惜，一把吉他唱响整个夜晚。登台演出让他认识了很多优秀的国内外音乐人。

后来在表演时，多吉格桑遇见了人生第一个吉他老师，一个中年美国人。跟着他接触到许多国外音乐理念，还有生活方式，晚上也慢慢有机会跟着老师一起在酒吧表演。教学中老师提到最多的就是节奏，也是老师多年驻唱的经验总结。老师用铿锵有力略带磁性沙哑的声音说："所有人的配合全靠节奏，演出现场出现任何状况，音乐不要停，音乐一停，别人就知道你出错了。哪怕琴弦断了一根，不要停，继续唱。哪怕事后别人知道是事故，也会原谅你的。"记得有一天，多吉格桑给我指了指门上贴着的海报，说："中间那个人就是我的老师，不久前过世了。He is my real teacher."他语气平静，眼神坚定，没有悲伤。

多吉格桑组建了乐队并担任吉他手，刚组三天就因乐队风格问题解散了。自打解散后，他就在家宅着弹琴写歌，偶尔会给我弹唱他的原创作品。他常去看现场演出，顺其自然地开始了音乐熏陶。每次都可以看到不同风格的演出并跟着学习，弹奏技术进步飞快。淮海路到处是酒吧，他开始游走在上海大大小小的音乐场子里。他去酒吧演出时，也顺便带上我，我偶尔也能上台唱两首。上海许多音乐酒吧他都去唱过，也慢慢找到了自己的音乐风格和唱法。

多吉格桑生日那天，约大家齐聚在徐家汇美罗城附近的一家 KTV 包厢里。包厢里摆放着生日蛋糕和两箱啤酒。多吉格桑拿起话筒先清唱了一首自己写的歌，然后微笑着说："踏上上海这块热土，已六年有余，现在的我已褪去了青涩。"最重要的是他说这些的时候，淡定而自信。小米成了职业摄影师，单反也从入门级换成了专业型，相机也变得沉重不少。当晚小米非要给我拍张照片，猛然间发现他的技艺精湛，从这张照片中我看到了他对色彩搭配的敏感度，对构图的理解，对时尚的敏锐嗅觉。小米告诉我："之前追求高端机，超专业镜头，定焦，变焦，广角镜头，各种光圈大小，快门速度，最后才发现决定照片质量的不是快门，而是快门后面的脑门。"我拍了拍小米的肩膀，鼓励他在摄影路上前进的每一步。

在旁边的Frank略显落寞沧桑，我拿起酒瓶给Frank斟满，我们轻轻碰了一杯。他换了很多份工作。从保险到互联网，现在开始了创业，为了省钱搬去了郊区。我问："搬走后，现在过的怎么样?"他顿了顿，说："还可以。"从他的言语中，感觉到对未来的迷茫。突然，他激动地说："隔壁房间住着一个刚大学毕业的女孩，在我这段艰难的创业时光一直陪着我。"我说："那很厉害了，超时空同居啊!"Frank笑着摇了摇头，说："可比那高端。"他叹了口气继续说："可惜最后没有跟我在一起。"我说："上海藏了很多这样的人，大学毕业就来这里打拼，无助和美好并存。"Frank说："是啊！都是对美好生活充满着向往。"

生活就像是一个魔幻的礼盒，你永远不知道将拿到什么。不管多艰难，大家都在坚定地向前走。那晚每个人都喝得大醉，看着他们，每一副躯体里都鼓胀着不竭的动力，像是一汪不断溢出水流的泉水，却使我有几分动容。我提议唱一首许巍的《故乡》："天边夕阳再次映上我的脸庞，再次映着我那不安的心。

这是什么地方，依然是如此的荒凉。那无尽的旅程，如此漫长。我是永远向着远方独行的浪子，你是茫茫人海之中我的女人。在异乡的路上，每一个寒冷的夜晚，这思念它如刀让我伤痛。总是在梦里我看到你无助的双眼，我的心又一次被唤醒，我站在这里想起和你曾经离别情景，你站在人群中间那么孤单，那是你破碎的心，我的心如此狂野。”最后变成了大合唱。

不久后，多吉格桑开始筹备自己的第一张专辑，他把民族音乐和西方摇滚融合在了一起。有次录音结束，他拎着琴疲惫地站在昏黄的路灯下等出租车，上了车，把琴放在了后座上，他坐在副驾驶就睡着了。下车时，醒来第一件事是思考晚上录制专辑的事情。等到家的时候才发现琴居然没有带下出租车，懊丧的神情瞬间从眉心泛起。那可是当年攒了三个月的钱买的木吉他。他后来跟我说：“我的青春是从这把木吉他开始的，我一定要把这把琴找回来。”

那段时间他为了录音，工作有时也会受影响。一次他去场子演出，距离他出场表演还有一段时间，但是比起酒吧老板约定的时间晚了几分钟。老板一脸不悦地说：“迟到了，怎么回事？你以为自己是明星啊！”口气傲慢且生硬地呵斥了他。那一刻多吉格桑背着琴转身走出了那扇不被尊重的门，他走在街上的背影是那样的单薄和无助，但是他没有回头，他的脚步也没有停歇。后来那位老板托人高价请他回去演唱，尽管那段时间他囊中羞涩，比任何时候都需要钱，他都坚定地拒绝了，就像是一道遮羞的门帘，扯下了就再也不能重新挂上了。

专辑发布是在上海红坊创意园中的一家酒吧举行的。演出那天，我早早地去帮忙布置场地。场地的悬挂布景都是由他女朋友亲自设计的。我正在悬挂时，一位高挑的外国女子走了进来，多吉格桑和她边走边寒暄。多吉格桑说："这是我女朋友，Lara。"她眼眸深邃，金色的头发，一袭黑色风衣，气质非凡。我微笑地说："你好。"她带着伦敦口音说："你好。"打过招呼后，她转身开始观察她设计的那块布景。多吉格桑跟我讲述了这段美好的爱情故事："在酒吧演出的时候，经常有一个金发女孩坐在舞台右前方的高脚凳上，面前放着一杯鸡尾酒，痴痴地凝视着我。她就是 Lara，一个英国人，硕士，服装面料设计师。演出结束我们总能碰上一杯。她散发出的人格魅力深深吸引了我。"他停顿片刻，脸上洋溢着幸福说："后来我们就在一起了。"

那天发布会，小米也来了，负责演出摄影工作。Frank 也在现场，虽然 Frank 创业挣钱不多，但是对自己的品位要求甚高，一身风衣加围巾，看起来像个成功人士。当晚现场一百多人，异常的热闹，唱到最后多吉格桑哽咽地说："非常感谢大家的到来，今天来的都是这么多年的朋友，谢谢大家的支持和鼓励。"最后泣不成声泪洒舞台。他别过身去，一米八几的西北大汉露出了柔情，我忍不住上前给了他一个有力的拥抱。

散场后，在酒吧昏黄的灯光下，多吉格桑端了两大杯原浆扎啤，递给我了一杯，我们碰杯。他说："从未想过自己会触碰到音乐，一直以为这个行业离我的距离，就像飞鸟和鱼。""生活就是舞台，每个人的一生都是一部完美的电影，背景是这个时代，导演和编剧是你自己。"我频频颔首，对这句话表示肯定。这么近距离地靠近梦想，是他怎么都没有想到过的情景。多吉格桑向我投去得意的眼神，我故作深沉地说："多吉格桑，可以和你合张影吗？"他大声地笑了出来。小米和 Frank 也跑了过来。合完影，多吉格桑抑制住内心的激动，说了声："谢谢大家。"后来多吉格桑接到的资源变得高端了。

有次在公寓楼下，多吉格桑远远地看见我，便冲我挥手。他风衣飘飘径直走向我，风不知何起，我配合地后退三分，他笑着给了我一个飞腿，我说："稳住，这不符合你的气质。"也许是最近大家聊天意犹未尽，见面没多久，多吉格桑突然兴奋地说起了面试节目录制的趣事。

多吉格桑描述说："节目录制面试时一批一批的人进进出出，往往只凭第一感觉，摄像机从左扫到右扫过一群充满期待的脸庞。你不知道，看着那群年轻人面对镜头的渴望，但是这种权力只在导演的手中。我享受地笑着，站在后排对着镜头俏皮地抛了个媚眼，节目正好需要这种表现力。镜头在空中停留的瞬间，导演说：'你出来一下。'前面那位女孩自信满满地走了出来，导演当即就说：‘不是你，后面那位。’”多吉格桑夸张地带上表情动作，像是正在演绎话剧。“瞧那女孩尴尬的哦！真是逗。”说完便咯咯笑了，我也跟着笑了出来。

前几天有一个明星的演唱会，经朋友推荐，他被邀请去做暖场歌手，接到通知时他真兴奋得难以自持，那种感觉就像是中了一千万大奖。那是在上海体育馆，曾出现在梦里的场景猛地来到现实中，多吉格桑当时除了激动，就是兴奋，对于自己的演唱也格外卖力。他早早候在演出现场，远远观望，不敢说话，连呼吸声都变得轻了许多。换好服装等待导演安排，一等一整天，演唱时间却极短。他两眼放光，紧接着说：“在现场，就仿佛是自己的演唱会。台下密密麻麻的歌迷，上万人一起呐喊尖叫，呼喊声如浪花般此起彼伏，那是我第一次如此地接近成功。”他摇着头说：“唱完我真的舍不得走下舞台。”梦都有醒的时候，尘归尘，土归土。这个世界上虽然有高高在上的规则，但是更有自由奔放的灵魂。演唱会结束，多吉格桑跑到明星歌手身边，说：“可以跟你合张影吗？”合完影他按耐住激动的心情便匆匆跑开，那是多吉格桑第一次和明星合影。

多吉格桑给我看了很多他的演出照片，猛然间没有认出来是他，有专业的化妆师，职业的服装团队，整个人修饰得可以媲美明星。短短十几秒的镜头，把他的自信展现出来，横看成岭侧成峰，脸部雕塑般的轮廓，身体硬朗的线条，举手投足间的自信,太多的言语表达在了眉宇之间。他述说着这段故事,事业的起步,让他的眼神透露着自信。他说:“记得刚来上海时,走在聚集着高端奢侈品、明星模特,还有来自各行各业的精英和摩天大楼间,那时候的我像一粒尘土,还没来得及回望,瞬间就被淹没在人群中。现在,不一样了,我也是光鲜亮丽的,要什么也都有资本去争。我想要的一定也都会得到。”他狠狠地说出这些话,眼中的笃定和冷漠忽然间让我有些陌生,骤然而至的安静有些让人惶恐。我打开了手机里的民谣,让音乐舒缓空气中凝固的沉重气息。现在他走在闪亮的霓虹灯下,此刻他俨然已成职业音乐人,转身慢慢消失在人海。

4

多吉格桑常去 Lara 租住在外滩南岸的江景房,在上海过着灯红酒绿的生活。有次他去 Lara 那边,正准备从车水马龙的街边拐进巷子,没想到一辆大货车把巷子堵得满满当当。货车司机不停地伸头向窗外查探,小心翼翼地后倒,很久才挪动几米。顺着货车倒车方向看到一辆红色跑车,乍一看以为开车的是 Lara,他眨了眨眼睛,再看,还没等看清楚,跑车忽然加速呼啸而过。多吉格桑似笑非笑幻想着自己开着跑车,在人潮涌动的街

我曾深埋了一颗音乐的种子

我知道它一定会发芽

我要争口气

不是想证明我了不起

只是要证明通过自己的努力

我可以改变自己的命运

他克服着关节的疼痛
让每一个音符都自由地跳动了起来
才让一把木吉他成了一种信念

自由从来不是无拘无束
而是在有限里创造出无限

上海除了摩登

其实更需要我们仔细端详深入感受

有人说

这座城市不适合生活

也有人说

不是所有的人都适合在这座城市生活

在时代的缩影里

我们似乎可以读懂这座城市的故事

也从中看到自己的影子

就像有人含苞待放

有人正盛情怒放

有人则在凋零的边缘挣扎徘徊

角，一脚油门，甩给世界一个背影。他渐渐在上海的纸醉金迷中浮沉，就像黑夜中一叶任凭波浪翻滚起伏的扁舟。

没过多久，多吉格桑就把房子挂在了网上，我当时在外出差。下个租客急等入住，中介也不停地催促。多吉格桑把东西整理好就搬了出来，一切很匆忙，也没来得及当面跟我告别，发了条信息："对不起，没来得及告别。有缘再见。"这句浅浅的话里藏着许多温暖的过往。他搬到了女朋友 Lara 那里，融入了西方的生活方式。夜晚开着暖色调的落地灯，听着理查德·克莱德曼轻柔的钢琴曲，端着一杯红酒，站在大大的落地窗前，看着黄浦江两岸的夜景，静待时光，开始悠然地生活着。我也只是听闻了他的一些情况。多吉格桑搬走后，这里显得孤独许多。我也去了一个桃花盛开的乌托邦待了些时日，暂时消解了内心的孤独。

后来的一天，我刚回到出租屋，多吉格桑邀请我去他家。我们坐在落地窗边凝视着窗外的夜色，聊起了过往。伴着又斟上的这杯红酒，我问："最近过得怎么样？"他说："不好不坏。看不到自己的未来，有时候甚至不知道自己将要去向哪里。""这段时间急于求成，紧张感导致用声不当，一唱歌嗓子就疼，后来不敢用真声唱，很长一段时间都很焦虑。"我说："人生都不是一帆风顺的，人脆弱的时候，还有点想家。"他点头默许，无奈地说："一切总是那么的突然。"他继续感慨："还记得我们租住在十平米的群租房，那时确实很苦，但是感觉很幸福，因为未来一切都可期待。”我试着又理解了一遍他的话：“我们总是想得太多，感受得太少。比起冰冷的墙壁，我们更需要人的温暖。比起智慧，我们更需要善良。没有这些，我们将会失去生活的温度。”

多吉格桑感慨道：“音乐成就了很多人的梦想，同时也磨掉了许多人的意志。”他边说边想起了身边一些做音乐的朋友，“有一个女性朋友，她刚做音乐时，爵士唱得很棒。后来她凭借着几分姿色，混进了娱乐圈。有次在一个真人秀上看到过她，和明星有几句简短的对话，但是被当成路人甲，瞬间就被遗忘了，继续奔波在成名的路上。”

“有一个几面之缘的男音乐人，他英俊帅气，来上海半年后，慢慢付不起高昂的房租，或许也看透了这个行业的水深火热，回了老家。最后一次在活动现场见到他时，曾经谈吐间的血气方刚已被现实打磨掉了，目光也不再坚定。”

“另一个朋友做事踏实，开始时他做音乐，后来做起了演员，开始琢磨表演，还去北京进修了一段时间，回来拍了一些微电影的配角，再后来拍了很多戏。有次跟他聊天，他说现在混口饭吃没有问题，认真演好角色。”多吉格桑一口气说了好几个“反面教材”，我留意到多吉格桑的眼神慢慢变得暗淡，像是一团烛火，渐渐熄灭了。他长长地叹了一口气，随手拿起桌上的香烟，放在唇边燃了起来。从他吐出的云雾缭绕的烟雾中，看出他有跌宕起伏的故事和饱经沧桑的经历。

当晚我们对现实和梦想进行了详细的论证，但他当晚的反应没有我想象中激烈，只是淡淡地说："人没有杂念的时候，会特别的专注。"轻描淡写的语气好似自己也曾是明星，亦是看破红尘。言语间感受到那次演唱会暖场后，多吉格桑大通告接不到，小通告不想去，被挤在夹缝中生存，很长一段时间生活拮据。后来，他膨胀的自信就像热蒸汽突然遇到冷空气，瞬间就被冷却，他渐渐冷静了下来。

那段时间，小米在上海开了工作室，做起药材生意。他并没有放弃摄影，只是把摄影当成了爱好。我偶尔过去喝喝茶，他摇了摇头，说："摄影这条路走得太艰辛，之前还能勉强维持正常的生活。现在两个人了，玩摄影不足以维持家庭。"他和他女朋友蜗居在上海的一室户，生活还算过得去。

Frank时常夜晚去外滩跑步，对岸高楼林立霓虹闪烁，江中穿梭着忙碌的轮船，岸边是兜风看夜景的人群。他日记里这样描写黄浦江："一条黄浦江把上海分割成浦东浦西，左岸洒脱，右岸凝重。江上有十几座形态各异的大桥，这样的景象已经足够绮丽，再加上两岸热闹的建筑，街市，影影绰绰的人群，上海滩的风度翩翩表现得淋漓尽致。假想自己是那个刚来上海的新人，站在左岸，然后右转，江中正流淌着青春。"再听到Frank消息时，他已经去了青海湖，骑着一辆山地车环游青海湖散心。

前几年，我受邀去甘肃参加了多吉格桑和 Lara 的婚礼，那是一次毕生难忘的浪漫旅行。在甘南玛曲的草原上，我被那种纯粹的爱情感动。多吉格桑帮我们包了辆大巴车，带我们领略了他家人和藏族朋友的热情好客，大山的质朴和美丽。大家相处的六天里，很奇怪从未有过疲惫感，来自不同国家的几十个音乐朋友们聚在一起，只要吉他声响起，车厢里流淌的就是轻快的空气。那几天活得如此轻松，世俗中的烦恼已经抛向云端，脑子里只剩一望无垠的高原蓝。清晨从帐篷里爬起，高原阳光温暖地抚在脸颊上，远处清澈的河水让我有些热泪盈眶。有人坐在草原上弹琴，有人静静地吹着口琴，有人敲着手鼓唱歌。我开了罐啤酒，只见远处多吉格桑骑马带着 Lara 在河边的草原上漫步。这蓝天白云和空气中弥漫的音乐，我用力地呼吸着，享受这风一般的自由。这也是小米和 Frank 的故乡，小米也赶了回来。他的药材生意随着电商浪潮的席卷带来了新的转机。女朋友跟着他一起拼搏，过着起早贪黑的日子，却也蒸蒸日上。小米微笑着说："生意做得还不错，有点小积蓄，准备把跟我吃苦多年的女朋友娶回家，两个人简简单单的生活就足够了。"他把过去这段时光影像放在灵魂深处，变成了爱的痕迹。

Frank 刚好在老家，从他的脸上也能看到久违的微笑。他说："最后因资金问题，创业暂停了。生活开始变得拮据，捉襟见肘的生活压抑了我一年的时光。"他在上海工作爱情都不顺，压力像一只老虎死死地咬住了他，拖着他灰溜溜地暂别上海。

多吉格桑描述了此刻的心情：“在上海，见识了很多新鲜又夺目的东西。见识了夜晚酒吧的热闹，可以尽情地释放。令人难忘的是匆匆忙忙的人群，这种快生活的节奏，快得让人窒息。记得每天挤地铁，在人群中像个迷失的羔羊。上海给我留下最深的印象就是夜晚的霓虹灯，相比上海的夜，我现在更喜欢老家夜晚的繁星点点，蛙声一片。”我点头微笑，说：“你已经看到了青春百态和岁月无痕。”那晚的欢送晚宴上，我和多吉格桑的父母聊天时，无意间听到“那年为了给多吉格桑寄点什么东西，把家里那头养了多年的牦牛卖了。”我听到这些的时候，想到了在群租房拿给多吉格桑的那个快递，还有快递里包裹着大量现金。生命中发生的一切都有伏笔，有时觉得这个世界太有意思了。婚礼结束后，多吉格桑在老家待了很长一段时间。

不久后，多吉格桑背着吉他去了 Lara 的家乡曼切斯特。从英国发来了几张照片，照片中的他俨然已跟国际接轨。那天他打来电话跟我分享他的旅行感受，他说：“出去走走特别放松。外面的世界真的很大，以前的我像是井底之蛙，还是要有一个大的格局。”我说：“确实好啊！古语也说嘛，读万卷书不如行万里路。”他紧接着和我异口同声：“行万里路不如阅人无数。”他说：“旅行是生活的调味剂，特别的放松。后来索性就狠下决心，勇敢地唱，嗓子唱坏了，就不再唱了。但放下顾虑放松地唱后，反而不疼了。”他好像找到了与这个世界对话的另一种方式。

多吉格桑说：“兜兜转转，现在终于回到了最初的自己。不沉迷，也不迷恋，更不用寻找。”我称赞道：“现在的你，又上了一个新高度。”他笑着说：“有些困难和无助总是要经历的。我很爱上海这座城，因为它带给我很多精神食粮，也夺走了很多的第一次。第一次看演唱会兴奋到流泪，第一次为了爱而不顾一切。”他顿了顿，说：“虽然对上海多年的感情割舍不下，最后还是要去向更远的远方。”

后来多吉格桑继续潜心做自己的民族音乐，去英国、西班牙、美国等地进行演出，获得了很好的评价，也最终迎来了他的上海告别演唱会。或许冥冥之中自有天意，多吉格桑把时间选在了 11 月 23 日感恩节这一天。当晚，他站在台上说：“感恩这几年有大家的陪伴，也谢谢音乐教会了我温暖并且放心地与朋友拥抱。这个世间，真正的朋友虽然不多，但是真正的朋友是一辈子的。即使远在天涯，友谊的线也不会被命运的剪刀剪断。在我即将离开上海时，我想对你们真诚地说一声：谢谢！”吉他声起：“在很久很久以前，你拥有我我拥有你，在很久很久以前，你离开我去远空翱翔。外面的世界很精彩，外面的世界很无奈，当你觉得外面的世界很精彩，我会在这里衷心的祝福你，每当夕阳西沉的时候，我总是在这里盼望你。天空中虽然飘着雨，我依然等待你的归期。”我的视线模糊了……

在演出现场的人群中，我一眼就认出了白冰。她职业装，短发，抖擞干练，她冷冷地站着，巧的是她脖子上围着一条跟当年多吉格桑挂在阳台一样的红色围巾，手里拿着一本金融方面的书籍，想必应该是下班就直接赶了过来。我早上在办公室突然想起白冰，我通过信息告诉她："多吉格桑要离开上海了，今晚有他的告别演唱会，你要不要来坐坐？"音乐间隙，瞥见白冰斜靠在墙上抽烟，两根纤细修长的手指夹着香烟，时不时拿起，红唇轻轻一口，吐出的氤氲烟雾撩过她清秀的眉宇，让我想起上世纪八十年代混迹于上海滩的女人。我走到她身边，她感到惊讶又惊喜。我带着羞涩的微笑说："好久不见。"我讶异地望着她娴熟地吞吐，说："你开始抽烟啦？"她说："压力大，偶尔抽一支，放松放松。"边说边优雅地从口袋里掏出香烟，递了一支过来。我看着她说："一切都是崭新的！"她一时没反应过来，一秒后，她在现场大笑起来，这开怀大笑让我们瞬间就回到了从前的熟悉。她的目光变得温柔了许多。熟络之后，她故作嗔怪地说："我当年是不是很傻……"在她的抱怨声中又开始了告别音乐会。曲罢，我走到白冰面前问："要不要过去跟他打声招呼？"白冰浅浅一笑，低头抿了一口酒……

当晚小米从外面赶回来。他一改平日的派头，夹着一个黑色皮包，尽显老板本色，言语中透露着小有成就的自信。他坐在我旁边的高凳上，我们伴随着音乐时不时地碰杯。Frank 也在，我乍一看差点没认出他，皮肤晒得黝黑，穿着朴素，但气色看起来不错。他说："刚从青海湖回来。"散场时，多吉格桑端起酒杯走到我们面前，聊了起来。小米无奈地说："大家就这样散了，Frank 要回老家，多吉格桑要去英国。"Frank 叹口气，说："家里让我回去结婚，下个月回老家，还不知道会不会再回来。"我沉默良久，一字一顿地说："后会有期！"在时代的缩影里，我们似乎可以读懂这座城市的故事，也从中看到自己的影子。上海除了摩登，其实，更需要我们仔细端详，深入感受。有人说："这座城市不适合生活。"也有人说："不是所有的人都适合在这座城市生活。"

5

无数次我站在推拉窗前俯瞰，思考着上海带给我的温暖和感动。又一个夜晚来临，整个城市又亮起了灯。已是深夜，我躺在床上没有睡意，起身走到推拉窗前看着窗外的万家灯火，感慨道："这就是上海。"现在他们都已经搬走了，已没有往日的热闹，显得冷清了许多。天使不会困倦满足于这不到十平米的空间，而不渴望飞翔。我，也不会，没有理由继续被这不足八平米的隔断间所绑架了。

我搬离的前一晚，多吉格桑背着那把木吉他回来了。他说：

“当时我费了好大的波折才把它找了回来。”我想多吉格桑找回来的不只是一把琴，而是他的信念。我在楼下买了几瓶啤酒和一些烧烤拎上了楼。多吉格桑又跑下楼买了两根红色蜡烛，他习惯了这种仪式感。在房间找了几张旧报纸铺在地上，我们盘腿而坐，周围都是打包好的行李。整个房间看起来空空荡荡，有点凄凉。我招呼多吉格桑坐下，递给他一瓶启开的啤酒。他借着闷下的这瓶酒，开始娓娓道来属于我们的这段时光。我感叹地说：“时间过得好快！”

多吉格桑问：“你为啥一直住在这里？”我说：“舍不得离开。总感觉还有什么没完成。你们搬走后，激发起了我执笔创作的欲望，算是缅怀，也算是礼物。”初次动笔，却无从下手，只写了一些文字。第一次灵感像泉水一样不断涌出是因为那天下雪了，我想分享喜悦的时候，发现大家都已不在这里了。每晚我下班回来，打开电脑，放着陪伴过我懵懂青春的音乐，曾经的美好一幕幕浮现，思绪开始流淌。动笔，从深夜写到东方既白，记忆像是些蒙尘的老物件又被我一件件擦拭锃亮。那是我灵感特别活跃的一段时期，整夜整夜地写，洋洋洒洒几十首歌的初稿留在了这段岁月里。我把这段本不该有的美好时光称为偷来的时光。我把这些稿给了多吉格桑，又将这偷来的时光归还给了它的主人。

桌上的红色蜡烛发出的光像是渗出的油纸敷在多吉格桑的

脸上，有些岁月感。他迷离的视线越过酒精的麻醉，似一尊蜡像。他说："大家都是在最困难时，在这里相遇，让彼此的岁月变得不一样。还记得我们第一次吃小火锅聚会，约定未来某天，不管谁最后离开这里，大家都要回来给对方一个拥抱，纪念我们这段海漂生活。"我说："最后大家还是走散了。"多吉格桑顿了顿，说："我又想起了当时为什么来上海这个问题。其实我刚来上海时，有过一段黑暗的时期，但在这段黑暗的日子里，我埋下了一颗音乐的种子。"

多吉格桑回忆那年乘着火车来上海时的情景。他刚满 18 岁，高中毕业，带着一腔热血和干一番大事业的决心，带着对未来美好的憧憬和稚嫩的脸庞，离开甘肃，昂首阔步地来到人来车往的大上海。刚下火车，就被上海的繁华惊呆，兴奋不已。说到"最后落脚在郊区的一个工厂"，多吉格桑降低了音量，像是被电流卡顿的老音响，流出了不愉快的音调。"每天工作十二个小时，黑白颠倒，狼狈不堪，一个月休息两天，想出去买点东西只能等月末。那种日子真黑暗。"他接着说："每次下班，三兄弟在工厂门口集合，旁边的小街上买两个凉菜，几瓶啤酒，拎回宿舍，牛逼吹到深夜。"那时郊区的夜单调，凄凉。

三人开始租住在一处郊区破楼房屋顶搭建的阁楼里。外面下大雨屋里下小雨，室内没电，木质结构的顶梁柱也不让出现烟火，夜晚一片漆黑。多吉格桑苦中带笑地说："有次下班为了看会儿书，刚点上蜡烛，借着微弱的烛光，阅读音乐方面的书籍，不一会儿，阿婆就站在楼下喊，上面干什么呢？我便连忙把蜡烛吹灭了。”白天当客厅，晚上用帘子隔起来当卧室。最不能忍受的是冬天的寒冷，上个厕所需要下楼走一段路。他说：“有好几次深夜，想上厕所，刚打开门，凛冽的寒风迅速侵入身体，浑身发抖，立即关上门，憋了回去。”说着说着我们都笑了，那笑声是如此年轻，像蓝色的筹码奢侈地撒在地上。

工厂把他们的意志消磨殆尽，渐渐对这种乏味枯燥的生活感到厌倦。多吉格桑忽然拍了下我，兴奋地说：“有次看到某电视歌唱选秀，我就报名参加了。当时真是相当重视，在KTV练了好几天，还狠下心买了一套西装，气势汹汹地去了。没想到我刚开口，评委就喊停，冷冷留了一句：回去再练练吧！”那是我第一次触碰到专业的音乐，虽然碰了一鼻子灰，但内心却是激动的，见识了上海的华灯璀璨，也坚定了继续梦想的信念。

再回到工厂，周遭的一切给了多吉格桑狠狠一记耳光。他抚弄着右手的两根手指低声说：“有次在工厂跟别人打架，这两根手指骨折了，打工都没人要了。”说着抬起来在我的眼前扬了扬。他那两根略微发黄长满厚厚的茧的手指，像是一个账本，记录了这些年为了生存和梦想他抽了多少支烟，拨断了多少根琴弦。他说：“既然从老家来了上海，待在郊区工厂也没意义。当手指好了之后，三人背上行囊来到上海繁华的市中心。直到那天遇到一把木吉他，就像遇到了阳光和雨露，梦想的种子开始发芽了。”

多吉格桑拎起酒瓶和我碰了一下，停在半空中顿了顿，一口气喝光剩余的半瓶酒，放下了空酒瓶，说：“在上海发生了很多事情，时间改变了很多，好像又什么都没有。”记得以前还在听广播的时候，深夜的那段文字还记忆犹新：十年前我骑着自行车，吹着欢快的口哨，走在回家的路上；十年后我开着私家车，接着不断的电话，走在应酬的路上。十年前我们面对的唯一问题是考试；十年后我们除了考试所有的问题都要面对。十年前我们谈及爱情，总是羞涩；十年后我们谈及爱情，却是生涩。十年前我唯一可以浪费的就是时间；十年后我除了时间什么都可以浪费。我接着说：“十年前，朴树还在唱生如夏花般绚烂。十年后，朴树的歌里说平凡才是唯一的答案。”

墙上时钟滴答地走着，不知不觉凌晨二点多了。当红色的蜡烛燃烧得只剩下蜡芯，苟延残喘的火苗伏在撕扯破碎的红衣上面，发出了最后的哀嚎，呲啦一声，结束了光亮的一生。多吉格桑斜着倚靠在墙边，嘴里不停地嘟囔着什么，我迷糊中听清了一句：“这些都在这黄金的年纪，该努力的都努力了，该付出的都付出了，把剩下的都交给了命运，不枉这青春。”我们端起酒杯，相视而笑，轻轻地碰杯，一起告别这段岁月。多吉格桑说：“如果给我一个机会回到从前，我还会毫不迟疑地来上海。”下楼送他时，他说：“一个月后，我和 Lara 在伦敦要开始崭新的生活了。”我拍了拍他的肩膀，说：“加油。”我突然想起他当年离开家的情景。但是他这次没有告诉我离开的原因，我也没有多问。我想他这次不再是无奈，而是一种对未来的憧憬。多吉格桑问：“你接下来什么打算？”我顿了顿，说：“一年一度的紫藤花又要开了，我也去凑凑热闹。”

那晚，我窝在床上打包好的被子边睡着了。睡梦中，我想起当年那个阳光明媚的午后，中介不耐烦地带我来看房的情景。来往的是点滴青春和过往回忆，将原本夹杂在斑驳岁月中的人和事提炼出来，酿成浓酒，一杯敬明天，一杯敬过往。最后这美酒醉人而不复醒，醉意中刻画出对零星幸福的渴望，只听到传来一声：“明天又是新的一天！”

多吉格桑离开上海时，说了一段话：“亲爱的朋友们，你们好！我十年的上海生活就要结束了，时光匆匆一去不返，生命是一趟一往无前的列车，开向远方。在人生这场旅途中我感恩生命曾经遇见了你们，因为硕大的宇宙相爱会是久恒，离别或许也会是久恒。那种悲喜都会很深，它在永恒里不生不灭。再见。”

6

不知过了多久，雪停了。房屋披上洁白的素装，柳枝变成银条，屋外是一片雪白的世界。一群人跑了出去，他们对这场突然袭来的飘雪兴奋不已，迫不及待地触摸晶莹剔透的白雪，屋里只剩下我一个人呆呆地坐在一帘雪雾的背后，静静地看岁月年华如水流逝。在上海，每天都有人在觉醒，也有人在沉沦。车水马龙，霓虹灯下的人带着木然的面具，小心翼翼包藏着内心的欲望、胆怯、孤独以及疲惫。再后来大家交集越来越少，联系自然也不多。

电视里正播放着采访短片，背景音乐是“外面的世界很精彩，外面的世界很无奈……”我小声地跟着熟悉的旋律哼唱了起来，琴声夹杂着呼喊声高潮迭起。等琴声落下，导演问：“是什么给了你追求音乐的力量？”他思考片刻，坚定地回答：“是一把木吉他。”他继续说：“我有一位歌手朋友，他小拇指有些弯曲，但是他弹响的每一根琴弦都非常饱满，而又富有感情。这种顽强的生命力感染到了我。”导演接着问：“那你手握的是那把吉它吗？”小哥笑了笑。

记得当年我要搬离的前一晚，多吉格桑背着琴回来的，但是他最后走的时候，把琴竖在了墙角。他说：“把它留给你吧。”有时我在想：“为什么多吉格桑会把这把木吉他留给我？只记得多吉格桑左手小拇指内弯30度，很多吉他和弦都跨得艰难，但是他克服着关节的疼痛，让每一个音符都自由地跳动了起来，才让一把木吉他变成一种信念。就像萧红《找一个自己的房间》中描述的自由从来不容易，不是一个姿态，一个手势，自由是永恒的克服重力，挣扎向上飞行。”

积雪覆盖了地面，厚厚的。电视播放着旁白：“人越长大越喜欢接受平淡的生活，生活开始像巴黎般诗意。年轻应该努力充实自己，像纽约般写实。在有限的时光里活得精彩，充满回忆。人最宝贵是生命，不辜负人生只有一次的生命。趁年轻，趁当下，趁着时间充裕身体力行，请珍惜你每一次上场的机会。”我起身走进了白雪皑皑的冬天。

两个夏天

正值盛夏，每刻沁出的汗珠，让我局促不安。打开手机，看到一位朋友发的图片：蓝色天空下，黑白主色的古城建筑，错落有致地聚集在温暖的光线里。这是一种瞬间会令人放空的轻松感。照片后面有一段文字："还记得当年日落黄昏后的约定吗？如果记得，那就在黎明破晓前出发吧！"

随着绿皮车厢的摇晃，一路向西。我穿着破洞牛仔裤，白色T恤衫，切尔西短靴，坐在卧铺过道座椅上发呆，暖暖的阳光透过玻璃车窗挤了进来。我凝视着窗外，脑海里浮现出她曾经的样子。她有着纯粹明亮的眼睛，喜欢穿着一袭白色的连衣裙走在校园的路上。她那张像花一样灿烂的脸，有一丝情愫在空气中发酵。我把耳机塞进耳朵，音量调大，翻了翻拿在手里的中国地理杂志，视线转向窗外。火车驰骋，带着巨大的轰隆声和钢轨切换的摩擦音。窗外是碧海蓝天，我对这次的大理之行满怀期待。

坐落于苍山脚下的一家青旅，是这次的落脚点。踏进院子，正放着舒缓的音乐，几个人闲坐在长凳上，桌上几个横七竖八喝光的酒瓶，笑声、打趣声不断传来。旁边还有一男一女正打着桌球，其中女孩拿起放在球案上的酒瓶，小酌一口，跟着音乐微微摇晃着。有那么一种众人皆醒我独醉的孤傲。这里住着诸多旅行的人，大多是年轻人。我办好入住，冲个热水澡就下了楼，坐在吧台的高脚凳上。“老板，来瓶啤酒。”“哪一种？”我用轻松的语气说：“当地最有特色的。”老板熟练地从冰箱货架上取下一瓶冰的风花雪月。他带着磁性的嗓音说：“来艳遇？”我爽快地说：“不，赴一场多年前日落黄昏后的约。”他好奇地侧着头打探：“跟谁？”我一字一顿地说：“一位美丽的姑娘！”他低头看了一眼我的破洞牛仔裤，咧着嘴，笑了。

虽已临近深夜，不远处仍有一群年轻人躺在柔软的沙发里做游戏玩耍。我走了过去，加入狼人杀的局。“天黑请闭眼，狼人请睁眼，狼人请杀人，天亮了，昨晚是个平安夜。”这样的台词会不停地循环在寂静的夜，夜里挑灯暗箭，厮杀程度可谓一般。昏暗的灯光下，烟雾缭绕，一声“他是狼人！”惊醒了整个黑夜，我的视线跟随着声音转了过去，看到攀枝花手指正指向我，我又翻看了一眼我的底牌，此处必有误。旁边的人打破了这紧张的气氛，问攀枝花："攀枝花是你的代号还是真名？"她答道："当然是代号！"旁边的人一脸不解，紧接着问："怎么会取这个代号，有意思？"她脸上浮起俏皮又羞涩傲娇的神情，答道："因为……因为我是一朵花。"攀枝花就像名字一样，高攀不起的枝头傲人花，一切形容花朵的词汇用在她身上都不为过。她拥有牡丹的高贵，茉莉的清新，又带有玫瑰的烈焰。一个神似汤唯的姑娘，右耳垂着大耳环，偶尔不屑微扬的嘴角，有着让人喜欢的倔强，看似冷酷的姑娘，却在稍不留意的眼神交汇时泄露了那一抹纯良。人总是这样，往往无情外表下驻着一颗温柔的心。她安静的时候，就像重庆森林里的阿菲。

游戏结束后，我看到墙角竖着一把木吉他，就拿了起来。攀枝花看到这一幕眨着迷人的眼睛走了过来，淡淡地说："刚才不好意思，有误。"我笑着说："对，有误。我是好人，不知是我没有表达好，还是你不曾懂得？"我拨动了琴弦，她惊讶道："你还会弹琴啊？"我紧接着弹了一首《当爱已成往事》，攀枝花跟着吉他声唱了起来，她喜欢歌词里的诗意。后来，我卧躺在柔软的沙发里，不觉间在旅行的疲惫中沉沉睡去。

大理的清晨安静。起床洗漱时，碰见攀枝花，她侧着头问我："出去吃早餐不？"我点头说："好！"我和攀枝花顺着小巷一直向前走，每户房子都用鲜花装点得精致，红的黄的紫的，风格迥异，在院墙上，亦或是院子里。攀枝花指着一户院墙上的一朵喇叭花，说：“这朵花开得好优秀！”我抬头看院墙上面的那些鲜花，争着抢着探出头来，有种红杏出墙来的美感。走出巷子，是大理的人民路。人民路从上到下贯穿整个古城，上至苍山脚下，下至洱海门。在路边的小店坐了下来，我说：“老板，来两碗乌鸡米线。”攀枝花指着人民路说：“听说许多故事都是从这条路开始的。”小店老板远远地打量了我们一番，说：“是的，晚上人民路热闹，卖衣服的，唱歌的，卖各种饰品的，还有一群拥有文艺情怀的小青年。”

吃完早餐回到青旅，我们走上二楼的天台，一棵大树不甘寂寞地拔地而起，枝叶罩住半个天台。我坐在树下的躺椅上，眯着眼睛望向远方，蔚蓝的天空悬着厚厚洁白的云，从云缝中洒下来的阳光铺在我的身上，着实觉得温暖。攀枝花仰起脸，开心地说：“庆幸刚来大理，就有这么好的天气。”这时，一缕阳光正好从树缝隙中漏了出来，洒到她的脸上。

正享受这份惬意时，一位少年突然出现在了天台，眉宇间透出狡黠和不安分，上一秒还在对自己偷溜出家的行为心有余悸，似乎下一秒钟就开始绘制往后的流浪地图，他就是一个这样的人。他走过来跟攀枝花搭讪：“嗨，你好！你今天准备去哪里玩？”攀枝花看着他，只是笑了笑。少年看了我一眼，问：“你们两个是什么关系？”正聊天时，他被突如其来的电话铃声，吓得脸色都变了。看见来电显示是前两天在徒步途中认识的小美女后，发出了一声感慨“我草！现在一听铃声就怕，昨天被我妈打电话查岗，差点被发现。”他松了口气，拿起手机“喂，小美呀。晚上呀，有空。好呀，下一站，准备去稻城亚丁啊……”走下了天台。

攀枝花转头微笑着对我说：“这么好的天气！要不，晚上我们抱着吉他去人民路唱歌吧？”我对她竖起了大拇指，说：“好主意！”我站了起来趴在二楼栏杆向楼下老板询问：“墙角的吉他可以借给我们吗？晚上想拿去人民路弹唱。”老板说：“可以，就喜欢你们这些爱折腾的年轻人。”我们的谈话被一个背包客听见，他走了上来，用流利的中文跟我们打招呼：“晚上去人民路弹琴吗？我也跟着一起去。”他是新加坡人，年近四十，是一位船长。他开船跑遍诸多国家，走过荒无人烟的沙漠，去过白雪皑皑的雪山，闯过秀色可餐的喀纳斯，漫步过风景如画的北欧。少年坐在楼下的沙发上，大声地喊：“我也去！”他解释道：“在旁边摆摊。抱着可爱的尤克里里在人民路弹几下，每天能卖出一把，在旅行中维持生活开销。”刚说完，我对着他喊出了：“尤克里里少年。”他笑了起来。听着大家的谈笑，望着眼前的景色，我愈发庆幸自己遇见了大理。

傍晚，精致打扮一番的攀枝花从房间走了出来，说：“出发吧！”我说：“走起！”尤克里里少年拎着他要卖的三把尤克里里，我们就出发了。人民路的两边都是摆摊的人,热闹像一席华美的毯子铺满了整条街,是一道靓丽的风景。我和攀枝花在路边找了个高的台阶坐了下来,打开琴箱拿出吉他。攀枝花安静地坐在我右边,靠近木吉他琴箱共鸣体,手里时常夹根烟,目光迷离地看着人潮。她像是纽约街头的模特,在人群中格外亮眼,有路人跟她搭讪,她都以微笑替代。

不久后,三个青春洋溢的少女走到旁边空地坐下,取下硕大的背包,生疏地铺开打底布,两首歌的时间,还没陈列好各式各样的饰品。其中秋波是最清纯可人的,她嘴里喃喃低语:“这个地方真好!”攀枝花问她们:“你们是大学生吗?”秋波说:“是的,今年大三,暑假出来看看外面的世界。”脸上露出一丝青涩的微笑。夜晚八点的人民路一番热闹景象,看不到尽头,有一种时光穿梭的感觉。

左侧的尤克里里少年从夏日的晚风中似乎嗅到了爱情的味道,他注意到了秋波,像一切荷尔蒙萌动的少年一样,按捺不住激动的心情,卖力地撩拨尤克里里的琴弦,期盼秋波一个崇拜或者是惊异的眼神,但是忙碌的秋波似乎并不理解他的良苦用心。夏日的晚风微醺,尤克里里少年最终还是在俗套的方式下搭讪了秋波,他说:“嗨,你好! 这个饰品……”秋波礼貌而不失温柔地说:“你好!”不经意露出的微笑中,带着迷人的电波。攀枝花在我耳边低语:“快看尤克里里少年!”我转头看到尤克里里少年正张大嘴巴痴痴地看着秋波，垂涎欲滴。

一首歌刚唱结束，攀枝花用胳膊肘碰了我一下，说："对面摆摊的两个时尚女郎在给你鼓掌呢。"其中一个女孩看到我在看她时，说："你的嗓音很有磁性。"这个姑娘是Luisa，重庆人，肩上纹有一朵带刺的玫瑰，在光影下摇曳。谁也不曾想到她这样的年纪，却也是闯过许多地方，从尼泊尔到拉萨，再到大理。她的不羁倒不是因肩头的玫瑰，而是长途跋涉的经历增添了传奇魅力。

相对白天的湿热，人民路的夜晚凉爽不少，一片热闹的景象。Luisa隔空和我畅谈，她大声而爽朗地喊出："我好喜欢大理，有苍山有洱海。"我问："你更喜欢山还是海？"她重复了好几次："我喜欢海，因为它的颜色是深蓝的。"船长正好路过，我慌忙招手说："来陪她聊大海，你可是看过无数的海洋。"他们便开始对大海地毯式地进攻。船长一脸正经地说："大海本没有颜色，只是映射着蓝天，或者晚霞，它透露着一抹深蓝，或者一片紫。"听到这里，我看到Luisa张大嘴巴对着船长说："别说话，吻我！"气氛一下子就沸腾了起来。青春风暴袭来的一瞬间，让我想起了多年前日落黄昏后的约定，也想起了这位美丽的姑娘。

那是2009的初夏，那年也许你刚满二十周岁，奔跑在雨中；也许你刚恋爱，如胶似漆；也许你在社会闯荡多年，依然忙忙碌碌。那年我大三，青春无处安放。

我坐在图书馆的靠窗位置,胳膊肘压着刚铺展开的书,贪婪地呼吸着浓浓的书香。偶尔转头看向窗外路上的俊男靓女,他们正骑着单车慢悠悠地穿梭在开满梧桐树叶的老校区。青春荷尔蒙的分泌,让我内心骚动激昂,不禁感叹:大学真是个美好的地方。有时会利用书的遮挡,偷瞄远处斜对面的卢佳。卢佳,英语专业,靓丽的黑发飞瀑般飘洒下来,完美无瑕的瓜子脸娇羞含情,两条修长的腿把整个身材比例撑得堪称完美,笑起来甜美到腻人。有段时间卢佳书桌上堆满厚厚的书籍,挡住了她精致的脸庞,我对她的埋头苦读感到好奇。有次图书馆没人时,我轻轻地走到她的书桌前,桌上整齐摆放着考研书籍,自然她的复习状态潜移默化地影响到我。

我弓着腰一遍遍淘洗着书海,生怕溜掉任何一本对考研有帮助的书。这些书都是上一届学长毕业卖掉的,房间的书籍堆积如山。扒了整个晚上,汗水不停顺着头发下滴,已浸湿到后背,最后满载而归。我把淘来的书也堆在了书桌上,看了一眼卢佳,卢佳正好抬头看了我一眼,随即又低下了头。

树上的知了叫个不停,炎热的暑假来临,我们校区宿舍要修整,只能申请住本部。辅导员在办公室正聚精会神地对着电脑编辑文档，听到敲门声，她停下了键盘的敲击，语重心长地对我说："暑假两个月很重要，直接决定了考研的成败。"离开时，她随手递给了我一个笔记本。第二天下午我就被通知入住，我带着一箱书和简单的生活用品，踏上这段短暂而又充满希望的路程。

枝繁叶茂参天大树下，几栋古老的建筑坐落其中。我走在本部校园路上，甚是惬意。教学楼前绿色的中央草坪让人感到舒服，草坪旁边是开阔的操场，天空湛蓝，青春也正灿烂。图书馆清晨六点准时开门，同学们瞬间蜂拥而入，直冲宽敞明亮的自习室，不过我每次都能抢到中意的位置。偶尔我会抬起头放眼望去，每个人都埋头在书海，安静到能听到针落下的声音，卢佳也坐在不远处。晚上十一点图书馆关灯，回宿舍要过一条护城河，大伙儿一起走在大桥上有说有笑，算是难得的放松时间。卢佳在我后面不远处，我放慢了脚步，跟卢佳说出了第一句话："你复习得怎么样?"她礼貌地回应："一般吧。"男生宿舍没有空调，这燥热的夏天夜晚异常难熬，拎着脸盆径直走向洗澡房，一群人站成一排，盆对着水龙头，接到漫出盆沿，毛巾放入凉水中，试擦几下裸露的身体，紧接着是整盆的冷水倾倒在身上，趁着大理石般沁凉的肌肤，抵抗这炎热的夜。偶有凉风袭来，抓住时机赶紧入睡。有时半夜被热醒，一身的汗珠，走出室外冷却后，再躺回床铺，伴随着室友深夜轻微的鼾声，再次入睡。

这种舒适的平静被考研培训班打破。每天赶公交去另一个地方，早晨起床更早了，约定起床互相喊着一起去培训，简单地洗把脸到楼下买个包子就去赶公交。好几次刚出学校大门就看到公交车，一群人迅速起跑，左手的包子在空中摇曳，右手的书本在空中飞舞，车门即将关闭时，大步冲上，稳稳地站住。这段狂追47路公交的日子着实让人幸福。阶梯教室人山人海，投影仪放着录播讲课视频，一群人精力高度集中地听课做笔记。上午满满的四个小时，课间只休息十分钟。中午大家蹲在墙角吃盒饭，回到教室趴在狭窄的课桌上小睡片刻，接着又是整个下午的培训。一天的培训结束后，回到学校图书馆继续复习直到关门。这样高强度的复习整整持续了两个月，偶尔心情不好时，在校园里闲逛，或是打场篮球释放压力，时间过得像划过指尖的流沙。唯一的信念就是一定要考上。

由于昨晚抱着吉他在人民路唱歌氛围特别好，大家提议今晚继续。“我坐在我的房间，翻看着你的相片，又让我想到了大理。阳光是那么灿烂，天空是如此的湛蓝，永远翠绿的苍山。我爱蓝色的洱海，散落着点点白帆，心随风缓慢地跳动……”攀枝花坐在我正前方的一块砖上面，双手抱膝，眯着眼睛仔细听我唱《温暖》这首歌，红色裙子罩住一片人民路。卖手链的三个大学生，把用来照亮她们地摊的手电筒照向我有节奏扫弦的手。对面两个时尚女卖服装的吆喝声跟我的吉他声同频同调。尤克里里少年偷瞄秋波。这是今晚最热闹的场景。后来攀枝花说：“你手上戴着戒指弹琴比较酷。”她边说边用力地逮着我的手，戴好几枚戒指。秋波看到这一幕发出的笑声，像小姑娘逮住芭比娃娃那般的天真烂漫。最多的时候，戴满五个手指。今晚很多客人都走过来询问秋波：“跟他手上一样的戒指怎么卖？”她们害羞腼腆的神情少了几分。攀枝花眯着眼睛寻找光明，而其他人继续着黑夜。

蹲在斜对面路边的女子吸引了我们的注意，她手里拿着单反相机。曲罢，她蹲在青石板上，点了烟悠悠地抽着，凝望着远处昏暗的路灯。透过淡淡的烟丝，看到她眼中微闪着点点星光，不知是光的反射，还是情感的水库开洪泄闸。攀枝花转头对我说：“这是一个有故事的人。”我说：“长大对于我们的意义都是一样的。不再大声喧嚣，开始学会隐藏自己的情绪，夜深人静时呻吟着青春的痛。”攀枝花紧接着说：“你过去给她一个拥抱。”

我斜了一眼攀枝花，说：“别闹！”攀枝花走过去，把她带了过来。她告诉我们：“抑郁过很长一段时间。”她沉默良久，继而舒了口气，弯起了一抹笑容说：“过去就过去了，接下来我想要按自己喜欢的方式过一生。”她是小希，现常居大理，之前在北京一个杂志社做编辑，现在是一名自由摄影师，接拍一些散客，在这种慢生活下过得有声有色。她不动声色地看着远方，说：“婚姻的框景太多，那么有限，而我选择大理，甩掉自己的曾经，是决绝的宣言。”她看到了自己有限里的无限，而作为一位摄影师，只需要一个镜头去演绎自我的无限可能。小希说：“只愿待在大理，阅读过路的游客，用镜头记录他们。”说罢，小希端起相机，对着我们全神贯注地拍摄。她拿着我们的合影照片在空中挥舞，自信地说：“拍摄的是顽强生命的怒放！大理之青春绽放。”

小希是个四川姑娘，我喜欢听她说话的语调，生动鲜活极具画面感，让人流连忘返。她喜欢独特的女性人像摄影，骨子里写满叛逆。小希说：“为了前男友义无反顾地辞掉工作，跑来大理。即使跟家人闹得不愉快，但还是义无反顾地帮助他。后来他开了客栈，赚了些钱。”小希突然变得激动，呼吸变得急促。她说：“婚纱照都拍好了，发现男友出轨了。”小希蹲在地上怎么也哭不出来。听得如痴如醉的攀枝花，眼泪止不住地流，某一瞬间仿佛感觉是攀枝花在讲着自己的故事。

已是深夜，路上少有行人。一位提着画板的中年水墨画家走了过来，一头蓬松的齐肩稀疏长发，头顶已成地中海。寒暄几句后，他提议去洱海门。一群人顺着人民路向下走，到洱海门已经有好几堆人在那里唱歌。画家在离城门不远处支起画架，开始准备素描攀枝花，长长的辫子，帆布鞋，红色裙子，举手投足间的年代感包涵了多少久远的故事。画家示意我在旁边弹琴助兴。我唱到《恰似你的温柔》，画家看了我一眼，上挑的眼角中好似在叙说："小伙子，这种感觉不错！"他跟着音乐一起摇摆，笔下春风，画笔轻轻点水，在画板和墨盒之间不停地切换，眼神在画板和攀枝花之间不停地交替，两首歌的时间，画家一气呵成。他站在画板前，露出几丝诡异又得意的笑，那几束稀疏蓬松的长发在夜里有些凌乱。我们一群人围了上来仔细端详，寥寥几笔不仅画出了惟妙惟肖的形态，眼睛更是勾勒得栩栩如生，神态活灵活现。本来说好要免费送给攀枝花的画像，拿钱买都不给。画家说："你对着这个画拍张照，留个纪念。"攀枝花耿耿于怀，只能遥望画里的自己表达着不舍。我认为这幅画应该是画家为数不多的满意之作。小希说："这幅画，真好！"说着端起相机拍了起来。我在攀枝花身边低语："很多优秀的作品都是在极度放松的状态下完成的。这幅作品的诞生，已经超越了一个作品的意义，它或许会被定格成这位画家洱海门的一生。"画家收拾行李准备离开，他走时，回头又看了我一眼，眼神中表达着不言的谢意。他带走了这幅画像，我看出攀枝花不甘心，我大声喊道:“画给我们呗,要多少钱都行?我付。”画家没有回头,越走越快。走到半路,他拐进一个漆黑的小巷。空气突然变得安静,我像是踩空了台阶一样慌张,注视着他走了很远都没有回头。攀枝花在我身旁不禁打了一个冷颤,恐慌于他消失在黑暗中的背影。我说:“也许这个画家精神上是富裕的,物质上却还一贫如洗。”攀枝花无奈地感叹道:“有些事情就是这样,想要的时候总是得不到,学会放手吧。”此时,船长提议:“大家明天去洱海,晚上住双廊的海景房!”

清晨,我们骑行在宽阔干净的环海公路上,环海路像是画在地图上洱海的轮廓线,路上大多是骑行的年轻人。尤克里里少年和三个女大学生骑行在最前面,他回头大喊一声:“快点!”我扭动了油门,攀枝花坐在后座上吓得双手紧紧地抱住了我。船长骑着电动车带着 Luisa 在最后面,也加快了速度。初见洱海,一片幸福的海洋。

下午,我们抵达了船长推荐的海景房,在双廊镇。船长说:“我每年都来住一个星期。”攀枝花拉开窗帘,清晰可见窗外美丽的远山和深邃的洱海,一缕阳光正穿过云层,柔和地洒在海面上,我仿佛被唤醒,一丝丝的蜜意生活在这里悄然盛放。我喊攀枝花到海边坐坐。阵阵晚风轻浮脸庞,海浪轻轻拍打着岸堤。攀枝花眼里泛起泪光,发出一声感慨:“洱海太美了!”我看着眼前的一切,说:“也许这就是人们声称的最美好的岁月。”日落时

蓝色天空下

聚焦在温暖的光线里

这是一种瞬间会令人放空的轻松感

天空湛蓝

青春正灿烂

远山 浅水 木船 夕阳

攀枝花就那样傻傻地站在桥上

凝视着远方

沉浸在这风景如画的地方

就这样融进了画里

三点钟的校园是美丽的
几栋古老的建筑坐落其中
绿树成荫
加上这轻微流动的空气
甚是惬意

在离开的那一刻

我忽然觉得

或许

彼此怀念

是我和大理最好的告别方式

分，夕阳慢慢地落于苍山，余辉落到海面上，整个苍山清晰倒映在洱海，那是我见过为数不多的画面。攀枝花痴痴地看着洱海说：“我喜欢这种日落黄昏的海平面。”

后来船长喊大家出去觅食。船长和 Luisa 走在前面交头接耳，我和攀枝花紧跟其后，尤克里里少年和三个大学生在最后面谈情说爱。大家陌生的话语中透露着温情，像是朋友，又高于朋友。就像火锅，一半浓油嫣红，一半清汤寡水，牛肚鸭肠下锅，吃得不亦乐乎。这里除了美食俘虏了我们，还有纯粹的友谊。船长喝得晕乎乎讲着故事：“有次开船到非洲，夜晚在公路上开车，没有路灯，稍不留神，一片乌黑的东西竖立在车前，仔细一看，黑人朋友，一个急刹车，冷汗打湿了额头。后来我的夜晚行车速度从未超过 30 码。”他顿了顿，用手胡乱抹了把脸无奈地说：“以前很喜欢开船到世界各地，每次出海都要几个月，从大西洋到印度洋。现在一点都不想出海了，总感觉在漂泊，没有归属感。”说完又闷了一口酒。

Luisa 深邃的瞳孔中藏着对爱情的渴望，由于自身条件优越，宁缺毋滥的坚持尤其强烈。她半眯着眼睛轻声说：“希望自己一直快乐下去，不去理会世俗的纷争。”大家频频点头。尤克里里少年笑了笑，说：“最大的心愿就是找个人，跟着我一起流浪。”三个大学生低着头只顾着吃火锅，没有说话，也没有听我们说。攀枝花呆了许久，认真地看着我，说：“有一天我们都会老去，年轻的时候赚一把回忆，也是一件很美好的事情。”我举起酒杯，说：“来碰个杯！”

回到海景房，我端着船长从便利店买来的红酒，走到窗边瞭望整个洱海。此时此刻，满足了我对大理的所有期待。我们在落地窗旁席地而坐，我苦笑着说：“很多人走着走着就散了，说着说着就不见了。年轻时不知道珍惜，知道珍惜时发现已来不及了。”尽兴时，我们爬上屋顶，趴在护栏边眺望夜景，举杯相庆这美好的时光。不比船长已见惯了这种美景，这于我而言却是奢侈的享受。那促膝长谈的日子也好，熬夜唱歌的日子也罢，这些夜晚从来没有为明天要走向何方苦恼过。在楼顶我们八个人相拥，对这几天看风花观雪月的相识相知相爱表示感谢。

秋波站在夜色里，突然说话：“这是我们三个大学生待在这里最后的一个夜晚，明天要去腾冲，打算暑假两个月走遍云南。明早五点的火车，今晚先跟大家告个别。”我端着酒杯愣在冷清的海边，空气仿佛凝固，从未想过别离这么快到来，而年少气盛的洒脱又真切地让我嫉妒。她们像是三个要去远方追寻梦想的妹妹，和家里的哥哥道别。秋波从背包里掏出一个小礼盒塞给了我，说：“你好，再见！”我说：“你好，再见！”秋波回眸给了我们一个微笑，攀枝花看着她们迈着轻盈的步伐离去的背影，发出一声感叹：“年轻，真好！”

夜已深，然而我全无睡意。夜晚的海边没有路灯，周围一片漆黑,只清晰地听到海浪一遍遍地拍击着岸堤,急切而响亮。我燃了烟,在明灭的烟火中坐了许久,又想起了那个考研的盛夏。

金秋九月,空气中弥漫着淡淡的桂花香,阳光透过大大的玻璃窗照射进来,我们正坐在自习室雕刻时光。我坐在倒数第二排,后面是卢佳。很多时候,我隐约间能感受到后背有一支笔,不间断地轻轻戳我,我自然地回头,卢佳总是带着期待的眼神,又略带点羞涩地问:“这个数学题怎么做?”我每次都是接过来,默默研究一番,整理出清晰的思路,侧着身对她细心地讲解,她用笔帽顶着下颚认真地聆听。在我不厌其烦的帮助下她的数学进步很快,我的数学也得到进一步的提高,我们也开始变得无话不谈。在青春的路上彼此有过共同的经历,这样对青春中的人赋予更多一层的意义。有天,她问过数学题之后,突然对我说:“送给你一本书,中国地理杂志。”晃动的书依然掩盖不住她那羞涩的脸颊,直接硬塞给了我。她说:“这本书特别好。学习累的时候,你可以翻一翻。”我看了一眼封皮,跟考研无关,我随手一翻就丢在了抽屉里。

坐在教室里快马加鞭对教材一轮又一轮地复习。卢佳这次戳我用的是手指,她说:“我想出去走走。”我们坐在教室外不远处的山坡上，续着对未来的憧憬。我说："在该奋斗的年纪遇到一群人，朝着相同目标奋力地狂奔是很幸福的一件事。你在哪里洒下青春，就在哪里收获。永远相信，有些东西，只要在冬天孕育，春天一定会绽放。"她在旁边小声地低吟："但愿大家都能考上。"我用坚定的眼神告诉她："相信什么就会看见什么！"

夜已深，校园的路灯发出微弱的灯光，我坐在灯下的台阶上，卢佳坐在我旁边，关于报考哪个学校深度地交换意见。卢佳说："想去上海梦中的大学，换成金融专业。"我说："我倾向考本校的研究生，这样专业课比较熟悉。"最后得出的结论："跟着自己的心。"她频频颔首。报考结束那天走在校园的路上，我问卢佳："你是报考梦中的学校吗？"卢佳转头看了我一眼，笑着说："我不告诉你！"由于报考学校已定，复习重心开始向专业课偏移。从此无数个深夜，开始对专业课进行了深度的研讨，离散信号和连续信号，欧拉公式和卷积积分等难题个个攻关，搭架构，巧用四两拨千斤，当难题被破解，我激动的样子像是回到了十八岁。

空气渐冷，突然的感冒让我措手不及，怕传染给别人，留在宿舍复习。有天我听到短暂而急促的敲门声，我下意识地站起来，衣衫不整地走去开门。打开门一看是卢佳，浅浅的微笑，眼神中透露着温柔，手里拎着一个塑料袋。我看到是女生，自己又衣衫不整，潜意识地关上了门，只是隐隐约约地听到外面宿管阿姨叫喊："男生宿舍不让女生进！"等我穿好衣服，再打开门，门外已经没了人影。只看见那个塑料袋在门的把手上面挂着，里面放着感冒药。我取下塑料袋，轻轻地关上门，眼珠在眼眶里不停地打转。我静静地坐在床边，望向窗外，想了很久。

外面阳光明媚，我趴在课桌上，看着历年专业课试卷眉头紧锁，报考的专业课《信号与系统》，看过几遍书，却都浅尝辄止。挣扎几个夜晚之后，决定去找曾教过我的专业课老师。每到周二下午，准时出现在老师上课的教室门口，老师总是耐心地给我解答着疑问，没有时间解答时，便帮我把试题拿回家，下周再带给我，这样来回好几个星期。当对一件事情足够投入时，时间总是过得特别快。十月、十一月不经意间溜走，距离考试只剩最后一个多月。慢慢地有人放弃考研，在六个多月里要学十四本书，当时的我也没有想到自己能坚持下来。

元旦前夕那个夜晚，我爬上宿舍的楼顶，仰望夜空，闭上双眼默默地祈祷。忽然一阵短而急促的手机铃声划破寂静的夜空。卢佳打来电话说："今年大四了，最后一年在学校看烟花。"听到这里，我跑下楼带着她奔向操场，她说："冷！"我就把我的外套披在她身上，我们仰望着璀璨的夜空，倾听着风的声音，那晚的夜空相当绚烂，2009年过得充实而又浪漫。

冬日的清晨，阳光明媚，教学楼一片寂静，一场模拟考试正在如火如荼地进行着。为了验证复习的效果，我们几个人躲藏在教学楼角落隐蔽的自习室里进行模拟考试，时间完全模拟正式的考试时间，中间有人敲过门，我们并未理会。考试结束，卢佳的成绩比预期的少，陷入感伤。我最近膨胀的心也瞬间冷却，抓紧时间查漏补缺。

只剩下几天，压力骤增。刚翻开书，头便开始出现强烈的疲惫感并缓慢下沉，我把头抬起，不久又往下沉，用力地把头缓慢抬起，站起来走出自习室，卢佳也跟着走了出来。四点钟的校园是美丽的，夕阳斜射，轻微流动的空气中略带初冬的凉意。我转头望向远处操场上黝黑的脸，一群年轻人变向过人，急停后仰跳投，球在空中划出一道完美的曲线，空心落网。我仰望着深蓝色的天空，深深吸两口新鲜空气，这种初冬的味道让人感到舒服。我说:“这种高强度的学习已六个月有余,每天早晨五点半起床,凌晨睡觉,抛开所有杂念,全身心地投入到复习中,有时候真怕自己撑不住。”卢佳看着我,用力地握住我的手。

从洱海海景房回来后,人民路依旧灯火辉煌。Luisa 衣着时尚,粉妆玉砌,用红色性感的嘴唇爽利地招揽着生意,像一只繁忙劳碌的蝴蝶。她拿起摊上的衣服给船长穿,把他从流浪者装扮成巴黎时尚的模特,米兰时装周巴黎时装周交替着夜晚。由于当晚生意特别好,她阔气地说:“走起,请大家吃烧烤!”

大理的夜晚是漆黑的,没有路灯,典型的云南村落,古城的人们大多都已熟睡。我们走在漆黑的小巷,深一脚浅一脚,在黑暗中借着手机屏幕的亮光继续前行。在街角,攀枝花指着远处说:“那边有微弱的亮光,像烧烤铺子。”我们便走了过去。我问:“老板还有烧烤吗?”老板看了我一眼,继续低着头收拾碳火,说:“所剩不多,准备收摊。”大家不约而同说:“都给烤了,再来一打风花雪月!”我们蹲在桥头,就着月光饮醉于此。

夜色伴随着逼人的寒气如约而至,周围漆黑一片,西北偏北,空中有星闪耀。我说:“大家聊聊这次的旅行吧!”四瓶下肚,船长不胜酒力,已有些醉意。他说:“年轻时热爱旅行,做了开船这份职业,每天躺在船的甲板上,看着海水被海浪劈开,听着海浪拍打着船舷，仰望着大海上的星空，兴奋不已。漂泊久了，生活开始变得枯燥乏味。对优美自然环境的向往和对现实生活环境的困窘，一直困扰着我。不结婚这件事遭到了家人的强烈反对。”最后他边摇头边说：“货轮上都是男的，爱情这事可望不可及。这次旅行看能不能遇到爱情。”

Luisa接着说：“这些年关于旅行的电影上映，大都是有关旅行的爱情故事。看完这些电影后，感慨并没有多少，但却对大理充满了向往。旅行对每个人来说，意义都不同。”

尤克里里少年偷瞄了一眼攀枝花，提着嗓门说：“自己的叛逆从高中复读那年开始，每天晚上都做噩梦，并且接着上一晚，跟着了魔一样。有次梦见自己高烧昏迷不醒，最后被母亲揪着耳朵拎起来，‘几点了，还不起床上课’，吓得我一身冷汗。从那时开始就计划着行走世界。”

我注视着茫茫的黑夜说：“人都会有一个时期，在这个时期纵酒高歌充满假象的开心，满足自己卑微的内心。但这一切都是一个过程，所有被称为过程的都是短暂的。我们终究会在生活中慢慢地遗忘，只有在夜深人静回忆过往时，才发现谁都曾经年轻过，只是时光最终走散了我们，等待苍老了容颜。”

已是凌晨一点，云南地处高原，有着极大的昼夜温差，加上寒潮来袭，这样的夜晚冷得突然，让我们手足无措。大家提议明年再聚一次。谈到未来时，攀枝花目光呆滞看着远方说：“这次回国,看想看的风景,见想见的人,后面就过简单的生活。"喝多了的船长问攀枝花:"一路上遇到很多跟你搭讪的,帅的,有钱的,有权的,你都不理,甚至都不看一眼,你为什么跟他走那么近?"我调侃道:"因为我蠢萌。"尤克里里少年紧接着说:"错!因为你很像一个人。"船长紧接着发出了一声:"靠!难道像一条狗吗?"空气就像刚到沸点的水,大家爆发出沸腾的笑声。我瞥见攀枝花脸上不易察觉的落寞,脑海里闪现出《大话西游》的桥段:"曾经有一份真挚的爱情摆在我面前,我没有珍惜,等我失去的时候我才后悔莫及,人世间最痛苦的事莫过于此……"沸腾气氛的背后,我感到有些孤独。

攀枝花两瓶下去,叹了一口长长的气,开始讲述这次的旅行。她说:"其实我刚从法国回来,这次来大理纯属放空身体和灵魂。"她呷了一口酒,仿佛是下了很大决心一样,继续说:"三个月后将要步入婚姻殿堂,男朋友是瑞士人,留学认识的,家境富裕,以后就定居巴黎了。"大家异口同声地说:"人生走上巅峰啊!"她却将头转向了灯火阑珊的窗外,夜色像是浸在墨汁里的画,画上的山川,草木皆不见了,连声音似乎也吞没了。

夜已深,船长好像有讲不完的故事,还有人生哲理。他和 Luisa 两人切切私语,对爱恨情仇缠绵悱恻作最后阐释,把这场恋爱推向了高潮。我们先行离开,只剩下 Luisa 陪着船长消磨着黑夜。我和攀枝花从人民路往回走,有种时光倒流的感觉。

回想起在大理的一幕幕，错落有致的街灯，爱不释手的人民路，活力四射的年轻人，知心的三五好友，足以给我一万个理由留在这里。攀枝花转头在我耳边低语："陪我去泸沽湖吧。"

清晨有些冷，车飞驰在去泸沽湖的山路上，两边高大的灌木丛急速后退。我打开手机里的音乐，把一只耳机塞进耳朵，另一只递给攀枝花。一路上我跟她有说有笑，尽情时还唱上几句。师傅不停地讲述女儿国的风土人情。他说："我们摩梭族的篝火晚会，如果男孩看上女孩，便在她的手心扣三下。如果女孩回应你三下，便可留联系方式。如果没反应，表明对你没意思。"听到这里，我伸出了手，攀枝花斜了我一眼，笑了。

我把头往座位后靠了靠，感叹："青春非常的短暂，不经意间时光都溜走了。"她转头看了我一眼，说："溜走的不只是时光吧。"我抬头看了一眼她精致的脸庞，问："那还溜走了什么？"她看了我一眼，把头转向窗外。车在三座大山里，绕来绕去，颠簸了八个小时，泸沽湖终于到了。

一碧如洗的天空和清澈见底的湖水组合成一幅画布，偶有点缀的白云游走其间，我和攀枝花肩并肩坐在湖边尽情享受着岁月静好。我说："我去拿相机。"说着，她站了起来，回房间换了套衣服，当起了模特。我开始了泸沽湖美景配佳人的拍摄，一气呵成，泸沽湖的印象被定格在光影和记忆里。我找好角度拍摄最后一张图片，调到相机的自动拍摄模式，我快速跑到攀枝花的身边，画面定格，成为泸沽湖之行的纪念。此刻，我看到夕阳投射在平静的湖面上，飞鸟在空中翱翔。攀枝花张开双臂不停地旋转，不停地旋转……

傍晚的泸沽湖一片祥和的景象，偶有水鸟飞过。我们坐在湖上漂浮的悠悠小木船里，湖面在微风的轻抚下泛起丝丝涟漪，像情人的脸上多了几道羞涩的皱纹。我酝酿了许久，开口说："当初，我没有看见那个……"攀枝花说道："我现在不想说话！"大家都望着远方，默默无语。我们荡漾在泸沽湖里，看远处的美景，一直到夜深人静。看着满天繁星沉睡在湖底，我们高歌跟往事干杯。

后来，我们并肩躺在悠悠的小船里，哼唱着"经历了许多事，你是不是觉得累，这样的经历我曾有过体会，也许是被人伤了心，也许是无人可了解，这样的你我想一定很疲惫。"我一口气唱了很长一段。我们就这样被茫茫的黑夜吞噬了。

第二天环湖，濛濛细雨，骑着电动车驰骋在刚下过雨的路面，山路湿滑又陡峭。到了湖边，太阳竟偷偷露出了脸，那山那湖那人，眼前的一切都恰到好处。穿过崎岖的小路，远处一条长长的木桥架在湖上，这就是传说中的走婚桥，相传背着心爱的姑娘走一趟，就算订婚成功。这里有远山、浅水、木船和夕阳，攀枝花就那样傻傻地站在桥上，凝视着远方，沉浸在这风景如画的地方，她就这样融进了画里，我看呆了。

下午四点半，车停在观湖的最佳位置，俯瞰整个湖，像块玉石更像面镜子，湖面的颜色随着光线发生着变化。到里格路口，我和攀枝花需步行一段下山路，山路十八弯直达湖底，晚霞伴着夕阳，夕阳把最后的余晖洒落在平静的湖面上，一边瑟瑟一边红，路边牛儿自顾吃着青草，周围一片宁静祥和。在暮霭沉沉中聆听远处飘来的絮语，那是我走过最美好的一段盘山公路，竟觉得似回家般亲切。

当晚我们坐在住处的院子里，里格的夜是空旷的，漆黑的。像是身处另一个世界。只看到很多闪烁的流星在头顶盘旋，或刚亮起，或即将滑落。攀枝花抬头看着夜空，若有所思。突然她拿出的一张照片惊醒了我，画面上是一片宁静碧蓝没有边际的海水，她穿着洁白的裙子在金色海岸线上奔跑，画面定格，这是她多年前在大理拍摄的照片。我转头看向她，她对着我微微一笑，读出了照片下配的词："我在没你的远方眺望有你的方向，比远方更远的是远方的风，还有那风中带着的梦想。"攀枝花说："那时正是我最好的年华。"我竖起了大拇指，说："很棒！"她紧接着说："都是过去的事情了。"她说完这些，忧伤的神情又多了几分。她说："这个世界上曾经有个美好的地方，我们还是我们，只是不再像曾经。"

后来我们去了客厅的沙发上，攀枝花说："时间过得好快呀！"我随口答了一声："是啊！都来旅行好几天了。"她很轻地笑了一下，说：“不是几天，是几年！”我收起了轻松的神情，点了点头，叹了口气。她缓缓地说：“当年大学毕业的时候，我这样安慰自己，想来的人，自然会来。不想来的，叫了也不会来。”她停了停，说：“可惜来得晚了点。”她泛起了泪光，再也没说话。不知何时她靠在沙发上，睡着了。我侧着头看了灯光下的她，想起了当年考研的最后阶段，也让我看到了日落黄昏后的约定。

寒假到来前，研究生考试如期而至。我在考场附近订了酒店，准备离开房间去看考场，刚站起，头不自觉地往墙上撞，怕这种情况出现在考场，决定去医院。我和医生描述着自己的筋疲力竭，感觉身体被掏空。医生经过缜密全面的检查得出结论：“身体各个方面的机能都比较差，可能是过度劳累导致，但并无体质异常。”我离开时，医生转头看向我，他眼镜顺着鼻梁滑了下来，那双眼睛像是夜晚水面上倒影的月光。说了一句：“小伙子，要考试了吧，没多大事，只要你坚定，再多的困难都不能动摇你的信念。”看病回来已错过看考场的机会。回到酒店，把浴缸放满水，躺着泡了一个小时，从未有过的轻松。当晚并未挑灯夜读，只是简单地翻阅笔记，不久便睡了。

最后一场专业课考试，难度系数大，有点焦急。我抬头观望，大家都在奋笔疾书。我深呼吸让自己冷静下来，把公式先默写出来。渐渐地想起挑灯夜读的傅里叶变换和拉普拉斯变换，所有的题顺着思路迎刃而解。铃声响起，考试全部结束，我脸上露出淡淡的微笑。

为了庆祝考试结束，在路边烧烤摊点了三斤重的烤鱼和一箱啤酒，撸着串继续着似水流年。卢佳说："有一段时期，迷茫而郁闷，做不完的数学题，看不到尽头。"我说："考研大抵如此，路都惊人地相似，每个人都会遇到困难，那份孤独和专注是无人理解的，有些人扛过去了，有些人没扛过去。"她默默地点头，说："整个冬天，有些人怕脱厚外套感冒，羽绒服都没敢换过。后来红色的羽绒服袖头已磨成淡黑色。"我听到不禁笑了下，举杯示意，都过去了，这是段值得被珍藏的时光。夜深了，把卢佳送回了宿舍。

正午的阳光吐露着丝丝暖意，卢佳打来电话说："成绩出来了。"我急忙到网吧，手微微颤抖地输着准考证号，输完又核对两遍，敲击了鼠标的左键，那声音清脆有力直击内心，成绩展现在面前，眉宇舒展开来。研究生复试是最后一道关卡，丝毫不敢怠慢，复试资格审查过后，是一门专业课考试，紧接着是惊心动魄的专业课面试和英语面试，四天的复试结束。当晚在网吧待了一夜，写下一段话："人越长大，越习惯压抑内心的真实感受，不再放声大哭放声大笑，而是躲在角落或是站在山顶上凝视远方，呻吟着青春的痛。每个人都会看到别人的成功，但是很少有人了解背后付出了多少。我很想对这一年的青春自豪地呐喊：微风不燥，时光正好。我把青春留给了大学，也留给了你。把握住美好的当下，追逐着有梦的飞翔……"

漆黑的操场上空悬着一轮圆月，草丛里虫声四起。我和卢佳在跑道上踱着步，虚度着美好的青葱年华。我说："时光里都藏着故事，放弃了篮球场上热情的奔跑，换成了无数个夜晚的苦读。"卢佳说："这一年大家都改变了很多，褪去青涩，变得阳光自信。"我含情脉脉地看着她，她羞涩地低下了头。我说："你的容颜里藏着你读过的书。"卢佳开心地笑了。后来她感叹："学校是个温暖的港湾，在这里我们获得了很多，同时也把最美好的时光留在了这片理想的热土。如果都能考上，再有几年这样的生活该多好。"那晚过后的天空是一望无际的蔚蓝。有次路过教学楼大门口，辅导员突然站到我面前，递给我一封挂号信，是硕士研究生录取通知书，我报考的是卢佳梦想中的大学，看着拿在手中的录取通知书，我长长地叹了一口气。由于卢佳的专业当年报考的人过多，分数线提得特别高，她没有选择调剂，而是去了北京一家知名外企工作，以后打算出国。

散伙饭当晚，辅导员站在台上说："对过往太过熟悉的时候，就会忘记时间的流逝，把过去美好的回忆封存起来作为对美好生活的向往，带着这种对生活的向往走向远方。"三瓶啤酒下肚，我翻出当年的军训合影照片，在空中晃动着说："再回首，这里有从云缝里洒下的阳光，我爱这陌生又熟悉的地方。大学带给我们的美好和向往，其价值无法估量。"辅导员提议举杯相庆的那刻，我们的爱、欢笑、感动和伤怀，我们的过去，我们的现在，我们无限遥远的未来，都被定格在那一个瞬间。我端着盛满酒的杯子，走到辅导员面前说："谢谢你大三暑假送给我的笔记本，还有那段写在日记本首页的话。"辅导员站起给我鼓励的拥抱。那晚我喝得烂醉，一头扎在路边的草丛里，后来几个人用床板把我抬回宿舍。半夜醒来，我坐在黑夜里点燃一根烟，有一种熟悉的味道，很像某些逝去的时光。烟只是在手里，让它燃成长长的一截烟灰，然后弹掉。看着地上的烟蒂，闻着残留在手指间的淡淡烟草味，最后泣不成声。

七月，校园里弥漫着伤感的气氛，授予学位那天，激动的同时也唱响了毕业的赞歌。那段时间每天都会有人离校。卢佳走的那天,我们在学校门口面对面站着,她看了我一眼,低下了头。我傻傻地凝视着她几经哽咽,好像有说不完的话堵在胸口,硬是一句话也没说。我帮她把沉重的行李提上车,她也上了车,隔着车窗看到她想回头跟我挥手告别。告别时,我们的话里只字未提再见,我当然明白会再见的,只是再也不知是何时。整理书籍时,看到卢佳送给我的中国地理杂志,我拿起认真地翻阅,一个信笺掉了下来。信笺正面清晰地写着:“日落黄昏后的约定。”背面写着:“研究生考试结束后,我们一起去趟大理吧!”我在那段时期常听的歌是《后来》:“后来终于在眼泪中明白,有些人一旦错过就不再。后来我总算学会了如何去爱,可惜你早已远去消失在人海。”有多少曾经的恋人,在书写的年代里,在走出校园后,慢慢地在年华里失散,最终杳无音信。

大家都走的那晚,整栋楼都空了,我躺在只剩下空床板的宿舍,周围一片漆黑,只剩下床头一盏白炽灯发出微弱的光,映照着苍白的墙壁。我又想起感冒那个午后卢佳的敲门声,热泪顺着脸颊流了下来。第二天,再走一遍我们曾经奋斗过的图书馆自习室,回到宿舍拿好行李，带上门，站在走廊对着宿舍深深地鞠一躬，离开了。在日记里写道："大学就这样结束了。如今当我渐渐的远去，回头看那消失在视线尽头的校园，又让我有些想念从前。那些泪和笑，欢喜和悲伤，那些爱都在脑海里若隐若现。无论我曾经多么风度翩翩地走来，又多么依依不舍地分离，我都想感谢她，曾经陪我一起走过。"

泸沽湖之行就这样结束了。车在回大理的山路上一路颠簸，大家都睡着了。回到大理，院子里的人已经换了一批，只剩下船长。旅行就是这样，注定都只是匆匆的过客。听船长说："Luisa 昨晚走的，没说要去哪里。尤克里里少年去了稻城亚丁。"鉴于吉他声带给攀枝花很多快乐，攀枝花在上衣口袋里摸了半天，摸出两张电影票。她说："订了两张电影票，要不要一起看？"我询问什么电影，她说："后会无期。"我沉默了一下，说："好啊。"随着影片最后一帧画面落下，我们互相看着彼此，笑了笑。

走出电影院，攀枝花先回住处收拾行李准备明天离开，我准备在街边找点吃的填补一下刚看过电影的空虚感。这个夜安静得有点吓人，仿佛要将我吞没，我下意识地裹紧上衣。看到刚来大理时吃饭的那家小店还在营业，"老板，来两碗乌鸡米线。"老板对我的到来表示欣喜，好像把今天剩下的热情都给了我。我捧着加量的米线往回赶，在心里想了几遍的离别赠言呼之欲出，不如再弹一遍她最喜欢的歌。我回来坐到院子里，看着被小店老板厚爱的热腾腾的乌鸡米线，等了好久都没有看到她的身影，打开手机突然看到了她留下的一段文字："害怕离别，这段时间是人生中最美好的记忆，这段旅程我会永远地记在心中，愿一切都好，再见。就像诗人北岛说的那样，我没有如期的归来，而这正是离别的意义。"她走后，我买了瓶风花雪月，走到二楼的书房，趴在窗前，猛然间感觉这段岁月已被带走。本打算今晚跟她好好聊聊过往，可惜没机会了。这是我们在大理的相聚，也许从此以后的人生再无交集。我拿起木吉他又轻弹起了《当爱已成往事》："往事不要再提，人生已多风雨。纵然记忆抹不去，爱与恨都还在心里，真的要断了过去，让明天好好继续，你就不要再苦苦追问我的消息……"今夜，我躺在床上难以入眠，周围死一般的寂静，内心开始过电影般地回忆着过往。

我离开大理前，重温人民路。我独自在人民路上，来回走了好几趟，对这条路熟悉又陌生，熟悉到每寸土地都有记忆，但又仿佛陌生到我记不起她的名字。阳光照耀下，这个角度的大理，古城区一致的高度，抬头就能看到远方的蓝天。往事如烟，我与大理的情已了。上关风下关花，苍山雪洱海月。洱海，不能再爱，洱海带给我的，远远大于洱海本身。苍山，到最后也没有亲吻的苍山，是这趟大理唯一的遗憾。这座古城依山傍水，溪流穿梭其间，带着苍山的湍急一路奔向洱海，在大理古城深情一吻，柔情似水。正如我对大理的爱，深沉而热烈。

是时候离开了。整理东西时，我看到三个大学生赠送给我的礼物，是戴在我手指上弹响整个大理的五枚戒指。当晚我告诉船长："明天我就要回上海了，一切重新开始。"

晴空万里，我站在住处天台，仰望着大理的这片蓝天，想起了刚来的时候，这里依然热闹非凡。往事如一潭清水，波澜不惊，我很淡然，做了该做的事情，看了该看的风景，唱了想唱的歌，终于要开始新的生活。离开大理时，酒吧老板问我："有没有丢下什么东西？"我说："丢下了一段时光，路上遇到的人，城里发生的故事也一同丢在了那时光里。"我走了几步，转头看到酒吧老板还傻傻地看着我。他好奇地问我："你和攀枝花到底是什么关系？她是你的赴约对象吗？感觉你们好像以前认识！"我笑了笑，说："我们的关系就像苍山和洱海。"酒吧老板一脸不解。我沉默许久凝视着远方，有时我在想："如果当年考完试，我们一起来了大理，现在的人生会不会不一样！"后来我走得踉踉跄跄自言自语："我不知道青春是什么，青春应该是一场短暂的美梦，当我醒来时，它早已消失无踪。我也不知道爱情是什么，但爱是永不止息。"

夜晚来临，万般不舍，带着沉重的眷恋，搭上了离去的列车。

在离开的那一刻,我忽然觉得或许彼此怀念是我和大理最好的告别方式。我趴在车窗上,看着大理渐行渐远,回忆着过往,不禁又让我想起法国的名曲《离去的列车》,有些人有些事以一种最让人意想不到的方式结束了,结束了就不会再回来。我打开背包和行李箱,找了半天都没有找到那本中国地理杂志。忽然我才明白,这趟旅行不是日落黄昏的重逢,而是黎明破晓前的道别。那些岁月的味道似乎消失在了青春栈道上。

到昆明搭上飞往上海的航班,窗外乌云密布并伴有气流波动。上升到一定的高度,平稳穿过整个云层,晴空万里。在阳光的照耀下,飘浮的云,洁白无瑕。夜晚时分,飞机抵达上海的上空,在降落途中,俯瞰整个上海的夜景,像一颗明珠镶嵌在大地。猛的一个颠簸,飞机落地,跑道疾速后撤,走出舱门,空气中带有丝丝凉意,我内心异常地平静。打开手机,看到攀枝花发的一段文字。

泸沽湖无语

上帝将眼泪流在了这里,便成了泸沽湖。若把时间比作泸沽湖,那梦就是里格半岛。约定似乎在昨天,回头时才知道那是多年,诗酒趁年华。

第一眼见到泸沽湖,平静,美丽,好像暴风雨从来都与它无关。它像是在等待,等待着我们的到来;又好似在述说,述说一段错过的爱。我喜欢早起坐在湖边的长椅上,看着它刚醒来的样子,湖面上漂浮着小船,带着一份期待、一份希望。我也会在夜晚,坐在湖边看它即将睡去的样子,感受它历经风雨之后的沧桑。夜晚湖边的人没有想象的多,湖边的垂柳始终被浅浅的月光照着,多少个美好的瞬间在这里被实现。

里格岛是泸沽湖一道绝美的存在,如果把泸沽湖比作眼睛,里格岛像横在眼睛上的睫毛。正因睫毛的出现,让眼睛更加的灵动和深邃。就像诗句说的那样:“金风玉露一相逢,便胜却人间无数。”大理给了我春天的感觉,泸沽湖给了我春天。泸沽湖或是期待我的到来,期待了很久,已经忘记要说什么。亦或是无言,是最好的方式。

生活中,有时应学会无声的爱,不是说不想去说什么,而是想用时间来证明一切、去记住一切、去淡忘一切。以尘埃之声最终觉解浩瀚天地。有人说,爱上一个人,便会爱上一座城,或许每一个人心底都有一座属于自己的城,一段属于自己的故事。

泸沽湖无语,今夜无眠。

后来在梦里的梦里突然意识到攀枝花的真正意义。一朵攀在枝头的花朵,从含苞待放到尽情盛放,象征着女人不平凡的一生。恰如年少时秋波的清纯可人,青春时 Lusia 的性感妩媚,和年长时小希的颠沛流离,最后走向成熟的婚姻。某一瞬间思绪开始变得清醒,原来这个代号是人们努力向上,不断追求自由和美好生活的象征。

不管时空怎么变换,不管世界如何改变,爱总在心间。在理想和现实的碰撞中,在爱与被爱的刹那间,都已成永远。路上行走着曾经的你和现在的我,就在那回眸间,擦肩而过。

三年后,人们去大理旅行的热潮彻底地爆发,而我已在上海开始了崭新的生活。小希,已长发及腰,凭借着自己扎实的摄影技术在大理开了一家摄影工作室,永久地定居在了大理。尤克里里少年,这场旅行走了三年,一个人,五万公里,五十座城。后来和旅行认识的女流浪歌手,两人在昆明租了一块地,以众筹的方式开了个梦想花园,过起了诗情画意的生活。最后一次看到他的照片时,满脸胡子,深邃的眼眸,晒得黝黑的皮肤,深知他那段流浪已经深深地刻进了他的灵魂。

后来得知船长又去了许多国家,把故事带向了世界各地,一直行走在路上。Luisa那天走后,杳无音信。攀枝花最后留在了法国,过着平静而淡然的生活。关于攀枝花的故事,再后来不得而知,也无需得知,因为我们都是那人海中的一个过客。早知道,一份美好的邂逅,终将会在金黄的季节别离,那么,我们又何必在意萧瑟的秋风将它摇落?总之这一切都是青春的一页。希望攀枝花就像席慕蓉描写的那样:“多希望我能看到现在的你,风霜还不曾来侵袭,秋雨也未低落,青涩的季节又已离你远去，你已亭亭，不忧也不惧。”

今晚我加班回来，洗过澡打开冰箱拿出了一瓶啤酒，看了一眼依附在墙角的木吉他，径直走向落地窗，此刻我在上海的夜里看着窗外又想起了他们。当时意气风发的约定一年后再聚，已过三年有余，现在只剩下了念想，有些人再也没见。后来看到很多关于大理的故事，此时的我也只能在别人的故事里，流着自己的眼泪。脑海里回忆起“年轻的时候，能赚一把回忆也是一件很美好的事情”。

不回望，不回眸，反正也不回头。

最后一支舞

1

寒冷的冬夜，我穿着一袭黑色风衣站在破旧不堪的公交站牌下，冻得如同皱缩的纸团。浦东郊区的夜晚凄清冷寂，路上少有行人。我等待着991路公交车，凝视着雾蒙蒙的夜色。一绺头发被凛冽的北风吹得凌乱在眼睛上，我刚捋下，又被吹起挡住半个眼睛。我的双眼此时迷蒙了，像雾起山谷，朦胧而飘渺。于是我开始幻想："上海是个很大的城市。有多少人早已沉沉睡去，又有多少人像我一样刚下班正赶着回家的路。如果这一生只允许做一件事，我到底会去做什么？"

回到家，打开电视，新闻里正播放着马航失联的最新进展。我在房间踱着小步，抬头看了看墙上迈克尔和乔安娜的海报，关上明亮刺眼的白炽灯，打开床边暖色调小台灯和蓝牙音响，端起盛满伏特加的杯子，站在窗边向外眺望，夜晚的平静，依然掩盖不住我内心的挣扎。这是我第九次内心产生波澜。“你那么高的学历，那么体面的工作，放弃这些，再重新打江山，你是不是傻了？”“有些事情现在不做，可能以后再也不会做了。”“当你在谈工作时，你在想些什么？”“你跳舞有天赋，千万不能浪费了。”这些言语不停地在脑海里打转。父母正幻想着我在上海站稳脚跟，我想到工资卡里存了两年的积蓄，某一瞬间一股抑制不住的力量发自心底，涌上眉稍……我似乎找到了答案，那就是——站在黑池舞台的中央。我一口闷下了杯中的酒，似乎把整个夜都吞下了。

墨色的浓云挤压着天空，大雨滂沱，我撑着伞忐忑地走在上班路上，雨水顺着伞边滴下，不经意间打湿了我的辞职报告。走出公司大门，我回头深情地仰望那被雨水冲洗过鲜红的华为logo，默默地说了一声“再见”。有人曾问我：“难道你还想舞出人生？”我说：“不，我只是想输得慢点。”当晚，父亲打来电话问：“最近工作顺利吗？”我在电话的这端沉默许久，始终没有说出那句：“我离职了。”后来我冲了个热水澡，在午夜中睡去。

“多雨的冬天总算过去，天空微露淡蓝的晴……”我步伐轻盈地走在去地铁站的路上，边走边唱。搭乘地铁二号线转八号线到虹口舞房。走进宽敞明亮的舞房，一群俊男靓女正专注地练习基本步，相同的节奏，整齐的步伐，你瞄向我，我追赶着你。我换了衣服，也站了过去。镜子里的我穿着一件背心和一双破旧的舞鞋，照例进行三小时的国标基本步训练，舞步画满整个房间，汗珠顺着脸颊不停地滴下。沈廷走到我身边，拍了拍我的肩膀，说：“你的后背湿透了，注意别感冒。”我看着他，有种回到四年前刚开始跳舞的错觉，那时，我们刚接触国标，格外稚嫩。

四年前，我还在读研，沉浸在实验室的日子单调枯燥，每周两次健身成了必修课。健身房隔壁的舞蹈室传来动感的恰恰音乐，我停下腹肌训练，坐在海绵垫上，视线转了过去。透过玻璃门，看见一群女孩正扭着八字胯，婀娜曼妙。眼前的一切吸引着我，我却碍于面子从未靠近。直到那天一个男生出现在舞蹈房，中等身材，他说他叫沈廷。“two、three、qiaqiaone”，沈廷跟随在一群女孩的后面，伴随音乐律动着，没有一丝顾虑，没有一点扭捏，很自然地跳着舞步。课间休息时，我鼓足勇气推开那扇透明的玻璃门，胆怯地走到他面前，小声问：“这舞男生也可以跳吗？”他一脸正经地对我说：“当然。这种舞蹈要男女搭伴，但跳国标对身型天赋要求高，男生属于稀缺资源。”听到这里，我按捺住心中的喜悦，淡淡地说：“那蛮好的。”他们又舞动了起来，我站在教室的角落观摩，老师好奇地打量着我，用喊舞蹈节奏的声调喊了一句："后面的同学跟着一起跳。"我只好忸怩地模仿着沈廷的动作。但出乎我的意料，舞蹈老师刚开始就对我偏爱有加，走到我身边帮我纠正蹩脚的动作。这是四年前我跟国标舞的第一次相遇。

四年后的今天，我已辞职将自己献给了国标。今天下课后，我刚走出虹口舞房，沈廷急切地跟了上来，滔滔不绝地给我灌输舞蹈理念。他说："你已经断断续续跳了四年，现在跳职业必须从理论开始。"紧接着慷慨激昂地说："舞者在舞蹈过程中往往会联系自己的生活经历，引起情感上的共鸣，激发一系列的想象来丰富和补充舞蹈作品中的形象，使其更加完整、生动和鲜明。舞蹈是情感和肢体的一种艺术。"他顿了顿，继而用不容置疑的眼光看向我，说："舞蹈是一种姿态，一种心灵的历练。"我举起双手，做出鼓掌的姿势，但两只手掌并未碰到，反复几下。沈廷看到我这个动作出现时，会很自觉地停下学术演讲，我们相视一笑。"你身上有让我欣赏的特质，那便是舞蹈中对音乐的解读。"沈廷对我说了这句话来掩饰此时的尴尬。说完，他又补了一句："你穿背心跳，很难出气质。"我拍了拍他的肩膀，说："从内而外，先把舞步练好。"

不久后的清晨，薄雾如烟似缕。我像往常一样早早起床，站在阳台开始磨练着恰恰的律动。饭后，我来到舞房开始基本步训练。沈廷走到我面前说:“我们是一样的白昼,一样的夜晚,最近看你进步很大?”我看着他,说:“多加练习。”他两眼放光,激动地问:“那你是如何练习的?”我顿了顿,说:“夜深人静时,躺在床上揣摩每个舞蹈动作的细节。第二天回到舞房,力求规范每一个舞步。最重要的是,痴迷于完美,对同一个动作无休止的重复练习。”他听完,似乎陷入了沉思,又像是在犹豫。他只是说了一句:“这样努力的样子,特别会忘记时间的流逝。”我笑了笑,便开始了恰恰的舞步。我没做热身就开跳,用力过猛,软骨拉伤,休息了几天。

正值乍暖还寒的季节,我走在南京西路,梧桐叶子刚刚抽出一点新绿,临街商铺的橱窗里陈列着闪亮的衣服。我闲逛到一家专业舞蹈服装店,满屋明亮的舞鞋和华丽的服饰映入眼帘。我对店主说:“有没有国标专业服装? 想看一看。”店主不一会儿翻出一套经典的舞蹈比赛服装。当我穿上修长丝滑的舞裤,真丝缎面材质的舞鞋。店主上下打量着我,经不住赞叹:“哦哟,刚刚好! 很多人穿这种标准的尺寸,裤脚都要修剪一点的。”我走到镜子前,凝视着镜子里的自己,喜形于色,仿佛此刻就站在灯光环聚的舞台中央。我在心中窃喜:“如果这一生不去跳舞,那人生还有什么意义呢?”

当暮色低垂的时候,城市的路灯又亮了起来。我穿上专业的服装再次踏进舞房,一切都焕然一新。移动的身姿挺拔,舞步轻盈地划过地面，像是给舞蹈插上了一对翅膀。沈廷走进舞房，瞥了我一眼，却没说话。我说："今天来这么早？"他闻声走到我身边，侧着头围着我绕了两圈，发出一声感慨："咦，是你啊！还以为是新来的代课老师呢。"下了课，大家都跟我合影。老板把我的海报贴在门口，一脸认真地对我说："以后你就是舞蹈房的代言人了，免费给你跳三个月。"第二天，我路过门口时，仔细看了看那张海报，忍不住地露出一抹微笑，转身走进了教室。仿佛一切都变得触手可及，我用舞步亲吻舞房的每一个角落，又将热情融进了一个个晴朗的日子。

2

不久后的正午时分，街角咖啡店的古典音乐让人舒服的想要睡去，而窗外行人纷纷。我喝完最后一杯咖啡，来到舞房上课。"抱一抱就当作从没有在一起，好不好要解释都已经来不及，算了吧我付出过什么没关系，我忽略自己就因为遇见你……"音乐正播放着。一个姑娘突然闯进热闹的舞蹈房，偌大的房间瞬间鸦雀无声，所有目光都投向亭亭玉立的她：标志性的空姐盘发，加上紫色的头花点缀，优雅高贵，神似罗马假日里的奥黛丽·赫本。一位舞友走到我身边，对我悄悄地说："她很适

如果这一生

只能做一件事情

我到底会去做什么

那就是站在黑池舞台中央

人要经过多少的苦难

才能有所成就

过上自己梦想的生活

时光带来的

和拿走的一样多

每一个欲合却离的展开与回眸

每一次舞蹈步伐节奏的鼓动

柔若丝带

刚如剑戟

传递着无言的美妙

每每有此般念想

我便清醒

她是我在这座城市

无穷人海里相逢的一个朋友

遗落给我满地的花瓣

再难相见

合当你的舞伴。”她上身挺得笔直，嘴角上挂着一丝几乎察觉不出的微笑。我的脸上泛起了绯红，悄悄地打量了她一整节课。她随着音乐律动着，身姿婀娜，让人着迷。下课后，我鼓起勇气走到她面前，说：“你好，怎么称呼你？”她看了我一眼，说：“叫我‘西西’好了。”我紧接着问：“你是职业国标舞者吗？”她笑了一下，说：“不，我在一家广告公司上班，只不过小时候学过芭蕾，现在又很热爱国标。”我侧着头专注地聆听。“那太棒了！”我说，并拍着一双手。西西看着我，带着标志性嘴角上扬的微笑，包裹着对生活的热爱和渴望。我们像是相识了很久，分别时便留了联系方式，约伴跳舞。那晚我躺在床上翻来覆去，一整夜没睡着，正如凉风乍起，吹皱一池经历冰封的春水。

第二天，大家跳单体都有些疲惫。这时，老师拍了几下掌，说：“下个环节我们男女搭伴跳，大家不要害羞，自由找舞伴。”他话音刚落，我上去邀请西西，沈廷也径直走向她。西西看看我，又看一眼沈廷，略显尴尬。随即迅速朝沈廷莞尔一笑“那只能先来后到喽！”说罢，牵起了我的手。换舞步时，沈廷又走过来邀请，西西斜睨了我一眼，此刻的气氛着实微妙得很。这次遂了他的意。这个夜晚的舞蹈，弥漫着浓浓的硝烟，更多的时候不是跳的，而像用来斗的，正好迎合了今天的斗牛舞。我在远处都能感受到沈廷斗牛般的气势汹汹袭来，我闪躲着，避免不必要的杀气对我造成伤害。

下课后，我们仨正好顺路。地铁晃动的车厢，也摇晃着我们的尴尬。西西微微一笑，开口说："沈廷推荐我过来的，我们在网上认识的，之前没见过面。昨天我来看舞房时，沈廷正好没来。"我豁然开朗，用一句"我们三个一起跳，互相促进，这样进步快。"化解了车厢里凝固的空气。沈廷在尴尬冲散的瞬间，便开始了演讲："有舞伴之后，跳舞不再是一个人的事情。男生引导女舞伴显得非常的重要，男生的节奏和力量多点，女生的曲线和技巧多点，这样结合起来比较有画面感。重要的是两个人要有力量的对抗，作用力和反作用力的巧妙借力互补，这需要足够的默契。"我鼓掌，西西也跟着鼓掌，沈廷羞涩地笑了。

不久恰逢大型国际舞蹈比赛在上海举行，国内外顶尖的拉丁和摩登舞者都聚集于此。许多舞者在过道里对参赛作品做最后的调整，沈廷激动地说："快看！上届的冠军。"西西低声对沈廷说："小声点，别打扰他们。"我们放慢了脚步，由远及近地感受这风采。还有几步距离，他们这套动作练习结束，停了下来。我用极轻的音量说了一声："加油！"他们转头对我微笑。我的目光在这一刻似乎停滞了，久久不肯移开。沈廷也流露出无比羡慕的神情，自言自语："什么时候我们也能站上这个舞台？"我掷地有声地说："努力跨一步就上去了！"西西看向我，笑了。不出意外当晚他们延续着辉煌，又成了这届的冠军。这场比赛看得我茅塞顿开，找到了一种从未有过的舞感。

当晚的月光极其柔和，地面浮起一层薄薄雾。我躺在床上通过短信和西西关于这场舞聊了很多。我说："我喜欢国标舞中的自由。虽然身无分文，但是内心依然很快乐。"西西感叹："很欣赏你勇敢地做了自己，不用想明天在哪里，不用理会世间的纷扰，不用处理尔虞我诈的关系。"我说："每个人都有自己的生活方式，选择朝九晚五，会有循规蹈矩的生活体验。选择浪迹天涯，会有充满冒险的生活体验。这就像围城，城里的人想出去，好奇城外的自由。城外的人想进来，羡慕城里的繁华。这是一种感觉。"她紧接着发了一条："舞蹈也是一种感觉。感觉中包含对音乐的理解，对肢体的控制，对生活的感悟，对情绪的表达等等。"我接着问："恰恰、伦巴、桑巴、牛仔和斗牛，你最喜欢哪个风格？"西西说："我喜欢伦巴，因为它最富有感情。你呢？"我说："我喜欢桑巴，因为它是情感的爆发。"

又是一节桑巴课，老师正专注地看着镜子里的自己，整面墙挂满镜子。一群人围着老师，聚精会神地注视着他示范的新动作："整条腿先向右边瞬间向左转变向，头比身体快一点到位，右手打着响指，三个动作要完全协调到位才会出现酷炫的效果。"我瞬间就学会了，沈廷对着镜子练了半天。后来他暗暗地较劲，突然用力过猛，只听见"咔"的一声，沈廷捂着裤裆，灰溜溜地跑去更衣室，舞友们笑得前倾后仰。此时，老师用手指着我，说："别笑了。你把刚才的动作给大家示范一遍。"接下来所有的动作老师都找我示范，我在受宠若惊中也生出了丝丝得意的藤蔓。

后来沈廷凑到我耳边，悄悄说："我最喜欢那个自然滚动步，男生从后面抱着女生紧贴身体不停地旋转，舞步遍历整个房间太美好了。"桑巴，完美地延续了巴西的热情奔放，它不像恰恰的活泼俏皮，也不像伦巴的缠绵悱恻，不似牛仔的欢快轻盈，更不全是斗牛的霸气侧漏。桑巴是奔放的，举手投足间把热情展现得淋漓尽致。我喜欢看西西跳桑巴时高度灵活及柔软的身体，而又如此强劲的身体律动，手臂平衡着身体，正确地运用身体重量与地心引力，产生"很沉"的重心，那是一种无与伦比的性感。

一个星期后的初夏夜晚，空气中略带着一丝暖意。下课后，我们像往常一样赶去坐地铁，车厢里人多，我们站在车厢尾部一根竖立的扶杆旁，围绕成三角形。我和沈廷正探讨课上老师教的新舞步，余光扫到西西摸了自己耳朵几下。我转头仔细看她的耳垂，微红，有点发炎的症状。下地铁，已是深夜十一点，我跑遍了浦东云山路附近的所有药店，都已关门。最后找到一所医院挂了急诊，却被大夫一句"病人不在，不好诊断"的理由拒绝了，我不情愿地走出医院。突然看到急诊不远处有个小窗口还亮着灯，我隐约猜到是药店，兴奋地跑了起来。我喘着气急切地问："这是药店吗？"正在打盹的中年大叔被我吵醒，说："买什么?”听了我的描述,他拿出了两款消炎药和一袋医用棉签。在冷寂的凌晨,我给她送药的心情,像是战场上争分夺秒的战士要去攻占高地那般急迫。打电话给她时,她惊喜地说:“我已经躺在床上准备睡觉了,耳朵没事。”我们在电话两端聊了一个小时。她纵然是愉悦的,也硬是没下来拿药。最后她说:“要不你把药放在楼下二十四小时营业的便利店,我明早去取。”我挂了电话,把药交代好,坐在回家的出租车上,凝视着窗外的夜色,情不知所起,一往而深。

第二天清晨,一缕阳光透过窗户照了进来。我刚睡醒,打开手机看到西西发来的信息:“晚上有空没?突然想吃披萨,一起去吧!”我用激动到有些颤抖的手回了一个“有”字。见到西西时,我呆住片刻。她飘逸的长发,精致的妆容,漂亮的裙子,不管是着装还是打扮都是贵气的,看起来像那种每周都会去次巴黎的女人,又像是在米兰时装周走台的模特,着实让我呆住片刻。料想便知,她今天心情不错。她看到我,得意地冲我淘气地笑,有些如沐春风的感觉,我假意扭头表达着不屑。我们走在南京东路步行街,拐进了一家西餐厅,饭桌上西西随口问起我的初恋。我说:“那都是过去的事了。”她一脸不悦,说:“好吧!反正我也不想知道。”我三言两语想结束这个话题,她却说:“你很敷衍。”我自然拗不过她,反正都是过去的事了。

我认真地讲完,抬头看见西西手架在桌子上,快睡着了。我拿刀叉切披萨不小心触碰到餐盘，发出一声“叮”，西西惊得晃了个神。醒来的西西打了个哈欠，淡淡地问：“讲完了？”我点点头。她问：“你们还有联系吗？”我说：“当然没有！”西西笑了笑。西西看出我一脸懵逼蠢萌的表情，说：“那就好。”她拿起一块披萨，递给了我。

不久后的一天，下课后，其他舞友都换衣服离开了。我仍对着镜子揣摩新动作的要领。回头的瞬间，看到西西站在我身后，正傻傻地看着我。她说：“我看到了一个积极阳光的你，专注于舞蹈，没有任何杂念，只有无悔的执着。以后我们搭伴跳舞吧。”我把头略抬起一点，朝半掩着的门扫了一眼，调侃地说：“你刚说什么？”她故作生气的“哼”了一声。后来，我们的关系越走越近，我开始主动地关心她，她下班赶过来上课，来不及吃饭。每次上课前，我都会去超市和地下商场买她最喜欢的酸奶和蛋挞，课间拿给她。下课后，先把她送回家，我再赶最后一班地铁回家。不久后，我的阳台上多了一盆西西送给我的花。上面镶嵌着一张卡片：“每一个阳光灿烂的日子。”

最初，沈廷时常还会过来邀西西搭伴跳舞，西西看向我，我紧握住了她的手。旁边的舞友实在看不下去了，说：“沈廷，你不要打扰他们两个了。”我们跟沈廷的关系一度变得非常的微妙，沈廷流露出对我的敌意。这段时间，我和西西跳舞的默契像是春雨和那垂柳，一切都是刚刚好，还被老板笑称：“舞蹈室的最佳拍档。”这些日子极其简单，简单得如同没有钢筋水泥，只有上帝打翻的调色板下的亚当和夏娃，我们就那样快乐地舞蹈着。

之后的很多天都是晴朗的，微风一阵阵吹起树叶。“你没给自己留后路，你要拼尽全力。”我指着旁边的一棵树说。当天，我正在教室温习新舞步，突然感觉到脚趾又触碰到地板了。我停下舞步，抬起脚看了一眼，自言自语：“舞鞋已经磨破三双了。”走向更衣室。此时，西西刚好从更衣间出来，在狭窄的过道擦肩而过，手不小心触碰产生了静电，我猛得抽开手，调侃道：“你是在对我放电吗？”西西的面庞竟泛起了红晕，随后笑出了声。门在半开半掩之间，她露出半边脸，俏皮地说：“就在前两天晚上，在梦里了却了对舞蹈的一往深情。梦见自己穿着精致的风衣站在外滩大道上，江面波光粼粼，吹着来自太平洋的海风，看着摩天高楼，发丝随风飘扬，你在人群中想要搭讪我。天色渐晚，我走进了人群，静静地陶醉在上海朦胧的夜色中。你着急找我，却没有找到。最后你在外滩翩翩起舞，跳了一段伦巴，舞蹈释放的魅力彻底地吸引了我。我走到你身边。后来你想吻我，我醒了。那画面像极了爱情。”

我斩钉截铁地告诉西西：“这是舞蹈该有的样子。梦想会照进现实！”她透露着坚毅的目光，对我说：“对美好生活的向往永远都不能停。”我凝视着西西，淡淡地说：“爱是一切艺术的源泉。”她冲我笑了笑，说道：“重点在那个吻！”我凝视着她的一瞬间，好像回到了刚认识她的那天，仿若昨日，那刻我的眼角湿润了。她上前给了我一个拥抱，然后转身跑了出去。

后来的一天晚上，天空电闪雷鸣，忽然下了一阵暴雨。因窗户漏风，我躺在床上感到无比的寒冷，便加盖了一床被子。我拿起手机关心西西时，隔着手机屏幕，听到另一端虚弱的咳嗽声。我屏住呼吸听，又听到两声，接下来是连续的咳嗽声。最近高强度的训练还是把她给累倒了。西西轻描淡写地说：“没事，最近练舞有点累，又淋了点雨。”我看着窗外清冷孤寂的夜，想着她云淡风轻的回答，竟让我想到了茫茫沧海的一叶孤帆，心里泛起了点点怜悯。我问：“需要去医院不？”她说：“不用，休息休息就好。”后来我嘱咐她：“最近少练习舞蹈，好好休息。”

半夜三更我被响亮而又急促的手机铃声惊醒，迷糊间接了电话，听到西西虚弱的声音，说：“我……我好像发热了，能不能送我去医院？”我披上厚厚的外套，打车就出门了。到西西家，看到她萎缩着身子，像是一株受风雨摧残的玫瑰，无力地倚在门边。我说：“带件厚点的衣服，我们走吧。”走出大楼，夜晚的寒气透过胸口迅速侵入身体，我不禁一颤，用我的半个身躯挡去她的寒冷，搀扶着她继续向前。夜晚的急诊室相比白天门诊安静许多，我帮她挂上号。她静静地眯着眼，依偎在我身旁输点滴。我看着疲惫的她，有些心疼，又有些无奈。想起《异乡人》：“披星戴月的奔波，只为一扇窗。当你迷失在路上，能够看见那灯光。不知不觉把他乡，当作了故乡。只是偶尔难过时，不经意回望远方。有许多时候，眼泪总在流，那扇窗是我坚强的理由。”

在回来的路上，西西娓娓道来这一路的艰辛。她说：“当年带着美好的憧憬来到喜欢的城市。无数次下了飞机，独自在街上毫无目的走着，夜晚的风吹得有些寒气，路上酒吧寻欢归去的男女，身上附着浓烈的假洋酒味道，嬉笑搂抱着扬长而去。我蹲在天桥的路灯下看车流穿行，突然觉得自己像个事故少女。”“曾经迷茫又孤独，下定决心趁年轻过把瘾，把自己过成想要的样子。现在就是当初想要的样子，有舞蹈有爱。”她说的时候，眼里是满满的幸福。

阴雨连绵的周末，我叫西西去上课，她说：“你先去，我还有点事要处理下。”但我还是决定等她一起。地铁到她家那站，我还没来得及下车，就在人群中看见了她的身影。她把头发盘得精致，纤细的脖子和精致的脸庞，在人群中像是一只孤傲的天鹅，绝世而独立的模样在我的心上泛起了涟漪。她上了地铁，我走到她身边，她脸上没有预料的欣喜，却显出一丝错愕和恐慌，像是被人发现偷吃了奶酪的猫，一下子楚楚可怜起来。她连忙解释说：“沈廷约我吃饭，约了很久，今天答应了他。想把事情跟沈廷说清楚，又害怕你误会才没告诉你。”我说道：“那我下车。”她一把拉住了我，说：“一起吧。”当我们一起出现在沈廷面前，沈廷一脸懵逼，恨不得找个地缝钻进去，他努力控制着面部的不自然，像是第一次操控提线木偶的学徒，手忙脚乱中整张脸更加扭曲。他说："都来了，那就坐吧。"沈廷也不看我们，兀自坐在了对面。这个饭局有点像鸿门宴。沈廷坦白了对西西的喜欢，我也表达着我的态度，西西出于情面，没有明确表态。我说："这顿饭我来请。"沈廷紧接着说："我来吧。"话音刚落，西西脱口而出："大家 AA。"我站起来把钱付了，西西把她的那份饭钱递给我，我没有接，她硬是要塞给我。沈廷说："接着吧。"我接过钱，觉得自己有些可笑，想不通为什么要跟着来。西西看出了我的忧伤，或许是出于愧疚，她走在路上哭了。当晚我们跳的舞蹈动作，仿佛没有注入一丝情感，像个木偶机械的完成一连串的动作，就这样尴尬地跳了整晚。

下课后，等电梯下楼时，西西闯入我的视野，看到她白皙的手指划过清晰的五官，缓缓地向电梯走来。发现我在看她时，她低下了头。电梯门打开，她走进电梯站到我身后。我下意识地回头问："你到第几……"话说到一半就停住了，用力地按下数字"1"。电梯停下，我扶着门礼貌性地让她先出，她对我微微一笑，我也跟着出了电梯。绵绵细雨下个不停，我们一前一后走在路上，仿佛电影《西西里的美丽传说》中的雷纳多跟随玛琳娜的场景。

出地铁后，雨渐渐大了起来。我说："雨有点大，送你到家楼下吧。”她说：“不用。”后来我执意帮她撑着雨伞，把她送到楼下。她浅笑着，说：“谢谢你。”我转身准备离开，她喊住了我，我回头望着她，雨越下越大，像是上帝特意为我们铺就的一个分别场景。我说：“你快上去吧。”她站在屋檐下无动于衷，然后几步快跑到我身边，张开双臂，紧紧地抱住了我，我仿佛掉进了幸福的海洋。下一秒，她转身就跑上了楼，看着她消失的背影，我转身大步走进大雨滂沱的夜。后来舞蹈的世界是我们两人的世界，舞蹈的时光是我们的美好时光。每一个欲合却离的展开与回眸，每一次舞蹈步伐节奏的鼓动，柔若丝带，刚如剑戟，传递着无言的美妙。因为热爱而遇见，又因遇见更加热爱。舞蹈将我们的情感世界、精神世界黏合，我们成了彼此心上至纯的灵魂舞伴。

在“5·20”这个特殊日子里，我走在路上思考着要做点什么。寻过几条热闹的街，终于在绝望到来前，在街角看到了鲜花店。我走进满屋子的鲜花中，一眼就看中了多朵玫瑰装饰的一大束花。我带着喘气声说：“老板，就这一大束，多少钱?”老板说：“小伙子，很有眼光！这一束修剪得最好，外加各种陪衬装点，花的心思最多，当然也最贵。”走在路上，玫瑰花散发的香味让我有点陶醉，抱着花站在她公司楼下。下班后，有人陆陆续续从大楼往外走，我站在风中凌乱摇曳，来往的人不时投来看热闹的眼光，我抱着鲜花像是开了花的梧桐，不自在却还是骄傲地迎着那眼光，幻想着下个就是她。整个大厦的人都快走完了，她却迟迟没有出现，我开始东张西望。终于熟悉的身影走了出来，她正在低着头走，我一个箭步快速地封住了她前进的路，她猛抬头，差点撞上我怀里的鲜花，她边抬头边说："对不起，对不起。"没等她缓过神，我把花送她怀里。下一秒，她从惊吓转成惊喜。她接过玫瑰花，立起脚尖，在我额头轻轻地亲吻一下，脸上透露一丝羞涩，我抱住了她。她依靠在我肩上微微地抽泣。我拍了拍她的肩膀，牵着她的手搭上了开往春天的地铁。当晚坐在她家楼下的长椅上，沐浴在皎洁的月光下，勾勒着我们的舞蹈蓝图。直到寒潮来袭，把她送上楼后，我打车离开了。

次日，我走在每天都会路过的栀子花旁，不知为何今天它的香来得那么生猛、迷人，使我路过它时，不能不留意它的存在。闻得痴迷了，忍不住想摘一把拿在手里好闻个够。但是在下手的刹那间，又觉得这样就索然无味了。因为我爱的是它那整个鲜活的身体所散发的香味，如若摘下来它就会死掉，香气散去只会徒增一份乏味。索性，我就不走了，站在它身旁闻个够。在此之后的很多天都会站到栀子花旁闻它的香味。后来每天接西西下班已成为一种习惯，跳完舞把她送回家后，我坐在回家的末班地铁上，耳机里无限循环的是《the power of love》，因为故事里始终都有爱。

周末，西西让我去她家练舞，我如约而至。我敲开她家的门时，她刚迎着阳光打扫完房间。一进门，阳光的味道扑面而来，满屋子的阳光像是洒落的金豆子一样蹦到每一处角落，叠得方方正正的丝绒棉被上放着一本时尚杂志和一本《海的女儿》，书架上整齐摆放着大量的书籍，窗前还放着一个刚拆的威士忌酒杯。她躺在阳台下的红色躺椅上，沐浴在金色的阳光里，像是希腊神话里的阿佛洛狄忒。一切看起来都很美好。后来她站起来说："要不，我们自己买菜做饭吧。"那天我做了她最爱吃的蒜蓉炒西兰花。烹炒时，油不小心溅到了我手上。她立即关掉火，打开水龙头，一把抓着我的手，拉到清水下冲洗，然后拿出她珍藏的伤口愈合效果很好的药，帮我轻轻地涂抹，眼中满是关切和疼爱。"你这一连串的动作，像柔情的伦巴。"我轻声说，故意露出了一声凄惨的微笑。饭后，看了一部电影消遣着惬意的时光。

窗外，月光倾斜；窗内，夜色浓郁。西西站了起来，说："这些日子，我们的舞蹈进步很快，我还是想练练抒情浪漫的伦巴。"她拿出为比赛珍藏的服装，镶满钻石的婚纱布料看起来高贵，她兴奋地说："都是澳钻。"她穿上衣服不停地旋转，像一只美丽的蝴蝶恋着花飞舞着，轻风带起衣袂飘飞，似有无数花瓣飘飘荡荡地凌空而下，牵着一缕缕的沉香。后来，她走到窗边，伫立在窗前，静静地看着窗外的霓虹闪烁，淡淡地说了句："岁月静好！"我凝视着她的背影，那刻我下定决心要好好地陪她跳好人生这支舞。

Show dance没有让我们等太久。这是一次表演赛，我把这场恋爱的经历编排成一支伦巴《天使之吻》，换上精致的舞蹈服装，自信地走向舞台中间，站好位置，全场灯光熄灭，只有一束追光打在我们身上，那一刻世界安静得好像只剩下我们两个。音乐起，随着律动，用肢体表达着故事，眼神中传递着情感。她挺拔健美的身姿，勾魂摄魄的眼神，迷人妩媚的笑容，向我展现着爱情的魅力。音乐声渐急，我们的身姿舞动得越来越快，时而性感，时而典雅。一双双如烟的水眸欲语还休，在音符和舞姿的交错中，闪动着美好的过往。在隔空又隔雾中，深情一吻，扣人心弦。你中有我，我中有你，那种感觉好似灵魂出窍般凌烈。最后一个音符落下，动作开始定格，持续十秒。现场一片寂静，我们沉浸在另一个时空，紧接着掌声四起把我们拉回到了现实世界。我转头望向她，她眼睛炯炯有神地看着我。我们点头示意谢幕，这是美好的一支舞。那场景很像顾城的诗里描写的那样："草在结它的种子，风在摇它的叶子，我们站着，不说话，就十分美好。"那一刻，我不得不承认西西已成为了我生命中不可或缺的人，她就像这个世界上另一个我。演出结束，西西径直走到我面前，疑惑地问："没听清楚，你刚才在谢幕现场对着我说了什么？"我凑到她耳边，说："我说你无与伦比的美丽。"西西眯着眼睛笑得那么迷人。

聚光灯下，演出大厅密密麻麻全是人。我看了一眼台下，又转眼看向西西。我在心里想:“希望能跟西西一直这样下去。”我的热情倒是来得炙热猛烈,为爱情奔波的激情愈加刚烈。庆功宴上我喝多了,趴在桌子上昏睡,西西端来一杯热水,在我的耳朵边说了些什么,我隐约听到:“不管未来在哪里,都不要忘记我们今天的样子。”

又是一个周六晚上,夜色中弥漫着温情,房间里两盏红色的蜡烛正在燃烧,她端起酒杯,晃了晃杯中的红酒,抿了一口说:“我以前渴望天空的自由,更渴望飞翔。记得第一次飞上蓝天,穿越云海,阳光洒下到云层。那一刻突然感觉这个世界上美好的东西都是免费的,阳光、空气、自由和爱。”微醺的西西述说着当空姐时的故事。她的飞行经历如歌词一般精炼,副歌辗转,如梦如幻。西西面前杯中的红酒映照着她微醺的脸,她目光迷离,仿佛要倾倒一整杯 82 年拉菲的故事。她继续说:“之前在深圳飞国际航线,有过一段奢靡的生活,虽然物质上是富有的,但是却怎么样也开心不起来。所以想换一座城市,换一个职业,过一种简单积极阳光的生活。”

西西放下酒杯,掏出手机翻出一张照片,照片中她站在飞机舷梯正俯瞰城市。她说:“上镜的感觉美好得有点不真实。当时我走到悬梯一半时,停住了。当我在舷梯上时,一切都很完美,大衣让我很体面,看上去漂亮。而当时,我真心很想下去。视线延伸出去的城市里好像什么都有,就是没有希望。”这张图片是被摄影师抓拍的。那晚聊到深夜，最后西西深情地看着我说：“去黑池，也许我们不需要等那么久！”我重重地点了几下头。“为什么人对舞蹈感兴趣？为了赚钱吧。我猜，不！因为这是我们唯一能在世界留下飞翔的痕迹。”西西低语。我们差不多谈了一整夜，后来困得趴在桌上睡着了。这是一场烛光晚餐后情感的饕餮盛宴。

3

有时，我会喟然而叹，这过山车般的人生。正在努力前进，眼看着梦想的曙光即将照到我身上时，命运就像是潜伏在暗处的猛兽，总在我猝不及防的时候，跳出来狠狠地咬上一口。随着每天超负荷的练习，我的身体慢慢出现不适，膝盖感到异常的疲惫，后来直接微肿了。在西西的督促下，我去医院做了核磁共振。医生说：“膝盖有积液，这跟每天都高强度的舞蹈训练有关，你需要时间休养，等积液慢慢吸收，注意休息。”祸不单行，后来膝盖刚恢复，为了赶上系统课程，我只能在舞房加强训练。那晚我们练完舞走去地铁站的路上，为了能赶上最后一班地铁，在十字路口人行道抢最后三秒绿灯，我与一辆正急速行驶的车撞上了，我直接倒地，周围死一般的寂静。“你没事吧！”西西胆怯地说。她的脸色像纸一样惨白。最美好的舞步却在最精彩时戛然而止。

> 长大对于我就像很多人一样是离家越来越远，因为长大的心是一颗只想着向蓝天生长伸展的心，为此我对舞蹈执着地追求着，而这次的受伤终于迫使我停止了脚步，而留给我的只剩接受和放手，追逐的疲惫此刻虽得到安慰，苦涩的味道却伴随始终。

刚受伤时，我住在上海高楼林立的房间里，像大蜂巢中的一个小小的巢房，西西要上班，我也没什么熟人。我拄着双拐做事很不方便，好几次倒热水都烫到手，上厕所也要费好大的劲。西西下班会常来看我。有次她看完我要走时，我察觉到她疲惫的步态。我喊住了她，说："下次别下班专门来看我，你也很累。"

有次自己拄着拐杖踉踉跄跄在医院，挂号排队需长时间单腿艰难站立，站一段时间就要停下来休息。不仅如此，当时手机还丢了，我拄着双拐站在路边，右胳肢窝夹紧拐杖，腾出的手用力挥动，一辆又一辆的出租车经过，都未停下。我无奈只能乘地铁，拄着拐上下楼梯更是异常的艰难，挣扎了好久才回到家，本来好转的腿又严重了。和父母通电话时，我硬是没有忍住抽泣了起来。从未出过远门的父母说要来看我，电话里我强烈劝说：“不用来，我自己能照顾自己。”他们便答应了。可能过于牵挂，隔天母亲打来电话说：“你父亲去上海了。”我只好说：“来就来吧。”

父亲曾是一位老师，他那身一丝不苟属于那个年代的教师打扮，紧绷的纽扣，笔直的上装，左胸口袋挂着一支钢笔，透出为人师表严谨正直的品格。当然，对于我，他也一直严格要求。见到父亲是第二天的上午。父亲远远地看到我拄着双拐站在门口等候，他低下头走着，我也不知该说些什么，先带他到我的住处。我长大后第一次跟父亲这样安静地面对面坐着，他低着头不敢看我满脸的胡渣和颓废的脸，怕触目伤怀。有几次看见父亲抬起头，欲言又止。因为他知道这是两代人的沟壑，难以填平，责备于事无补，他不理解我关于舞蹈的想法。我主动打破了平静，跟父亲聊起了故乡。谈话中，父亲提到了我的小时候，说：“幼年时，你就喜欢蹦蹦跳跳。有次从门前矮树上掉下来，摔得身体疼了好一阵子，从此之后再也不让你爬树。可你总是偷偷溜过去爬上高高的树，藏在枝干中，有时想你还挺勇敢的。”

夜深人静，窗外漆黑一团。父亲在上铺睡了，我躺在下铺眯着眼。父亲的鼾声惊醒了我，我躺在寂静的夜里，想起门前的树其实早就没有了。这晚我整夜没睡，由于第二天要去医院，我简单地眯着眼，整夜不睡已不是第一次了，生病以来一直失眠，想到现在一无所有，加上正值奋斗的年龄，无奈涌上心头。

天微微亮，父亲就起了床，我也跟着起来了。西西早上打电话问：“今天陪你去医院？”我说：“不用，我父亲来了。”这个早晨下起了雨，有点冷，父亲为我撑着伞就出门了，这是他第一次走在繁华而硕大的上海。雨越下越大，我用力地将双拐撮在湿滑的地面，他生怕靠得太近会绊倒拐杖，小心翼翼地走在旁边。他把伞用力得举高，偏向我，自己却半个身体都裸露在雨中。行走中伞有时会遮住我的视线。想起小时候我总喜欢仰望父亲撑起的高高的伞顶，而今天的雨伞时不时触碰到我的头，我想这不仅仅是因为我长高了。

到了医院，我坐在长椅上，父亲坐在我右侧。我转头跟父亲交代挂号的事情，他扭动半个身体把他的右耳贴过来，我以为他想要看我手机上的时间，后来我将手机放在口袋里，他还是扭着身子，我突然意识到父亲可能左耳已经听不清我说的话。我心头一紧，才明白父亲老了，内心泛起一阵酸楚和内疚，我忍住差点就夺眶而出的眼泪，转头呆呆地看向嘈杂的人群，余光却还想看看父亲。我瞥见父亲坐正了身体，又是好一阵子默不作声。

从医院回到住处，父亲拿起病历，又掏出拍的 X 光片，对着窗户的亮光凑得很近仔细看那些他根本不懂的影像，却依然不太善于言辞。我主动跟父亲聊了许多家长里短，一直聊到深夜才睡去。后来才看到西西发的信息:“一切顺利吗?”我回了一句:“别担心,你专心上班,我这边没事。”当晚我感受到父亲稍许轻松,熟睡的鼾声也变得平和许多。父亲半夜起床发现我还没睡,他惊讶地说:“你怎么还没睡? 都几点了。”我说:“看会儿书,马上就睡。”天微微亮,我迷迷糊糊进入了梦乡,有两次我朦胧的视线中,父亲坐在窗户下面的椅子上呆呆地看着我,我实在太困,还没等清醒又进入梦乡。第三次朦胧中,我看到父亲坐在我床边,一瞬间一股暖流淌过我的心房,我醒了过来,看到父亲正坐在窄窄的床边,一只手轻放在我盖着棉被的伤腿上,木木地看着我,一时间他还没反应过来我已醒来。我问:“现在几点了?”他慌忙地挪开了他放在我被子上的手,像是在掩饰着什么不让我看见而迅速收住了情绪冷静地回答道:“快九点了。”我不知道这个早晨父亲想了些什么,内心挣扎了些什么,那一定是个不平凡的早晨。

母亲一人在老家我不放心,加上我这边还需要休养一段时间。让父亲先回去,等我好点再回老家休养。早餐时,父亲坐我对面低着头,我看见他黑丝中藏着许多白发,眼角也已布满皱纹,我鼻子一酸,含在嘴里的食物一直生硬地咀嚼着,想起父亲已经老了,我也不再年轻。吃完早餐父亲说:“出去走走。”我连忙说:“就近,在门口公园转转就行,别走远。”父亲回来时,买了很多东西给我,我找朋友帮忙把父亲送到火车站。在房间收拾东西时，父亲低着头默不作声，把一件衬衫叠好几次也迟迟不肯放进背包。

外面阳光明媚，我把父亲送到了路口，这段五分钟的路好像突然漫长起来。父亲走在我的后面一言不发，只清晰地听到双拐触地的声音。到路口我再三嘱咐朋友，送到候车大厅进站，朋友带着我父亲便离开了。我拄着双拐傻傻地看着父亲的背影。曾经高大的父亲，腰椎不再挺拔，隐约看到父亲偷偷地用手抚摸自己的眼角，没有回头。我看着远去的父亲，强忍着不让泪水涌出来。突然，不知道哪里来的勇气，我大声地喊："爸，路上慢点！"回到房间坐在床上，看见父亲留下的东西，又想着现在的自己，无奈涌上了心间。

朋友送完我父亲回来，坐在我对面，看着我靠在床边的那对铝合金拐杖，没敢发出一丝声响。最后他开了口："送你父亲去火车站的路上，他一直在用那双饱含风霜的手小心翼翼地抹着眼角的泪。对不起，我没能安慰到你的父亲。"还没等他说完，我的眼泪夺眶而出。西西下班打来电话说："晚上我带叔叔去外滩转转吧，好不容易来一次上海。"我说："他已经在火车上了。"西西在电话里自责了起来："你怎么不提前告诉我？"

翻床时看到枕头下压着一张纸，纸上方方正正写道："父亲曾经希望你走出大山，又害怕你独自在远方受到挫折感到孤独无助，父亲也不知道自己当年做的选择是对是错，只是在父亲那个年代仅有的认知范围内做出的选择，希望你在外面照顾好自己。对于当年的选择，父亲说声抱歉。”我起身找出深藏在背包里尘封已久的钢笔，那是父亲送我上大学与我告别时，从上衣口袋里取下的那支用了多年的钢笔，他递给我，却什么也没说。这些年辗转多地，我一直带在身边，这支钢笔早已超越了书写这一层意义。我拿着钢笔，擦了擦灰尘，银色的笔体多处被磨出铜色，拔开笔帽，笔尖锋利如初，看着笔尖残留着不知过了多久的墨汁，还留有淡淡的墨香。

> 我常常默不作声，尤其我受伤之后，而这次我也终于明白。父亲没有责怪我的选择，而是对自己当年作出的选择始终耿耿于怀。我看完后更加内疚和自责，接受了年华如水一样逝去不再复返的事实。马克·吐温的一句话是这样说的：喜剧就是悲剧加上长一点的时间。生活永远不会是我理想中的样子，不管我和那些不理想的战斗最后是胜还是负。

漫长的休养中，孤独和无助不停地交织在一起。有次半夜起床拄着拐上厕所，整个走廊空空荡荡。上完厕所洗手的时候，抬头看见镜子里的自己，足足看了半个小时，那是种很深的绝望。“憔悴了！”我看着镜子里的自己说道。“想着自己努力了这么久,突然失去所有,真的很难再有勇气站起来。”我长叹了一口气。

当晚我做了一个梦,梦里那是一个在阳光明媚的午后,我站在宽敞明亮的黑池舞台中央。硕大的落地镜铺满整面墙,精致的木地板稳稳地踏在脚下,呼吸着房间里熟悉的味道,伴随着《only time》唯有时光,我和西西跳起了伦巴。音乐缠绵柔情,鼓点清晰有力,跟随着节奏翩翩起舞,情到深处引带着她不停地旋转,最后融为一体。随着最后一句歌词 Who knows,Only time,Who knows,Only time,动作定格在了我双手轻轻捧着她的脸庞,她双手轻扶着我的腰,深情对视。这美好的画面被闹钟无情地叫醒,我旁边空无一人。早晨的阳光暖暖地透过窗户照射进来,我翻了个身,热泪掉落了下来。

受伤后的这些日子,我不想麻烦别人,也怕拖累西西,我把自己关了起来。西西感受到我的伤怀,她也不去跳舞,下班就找各种借口来陪我谈心。每晚都带好吃的过来。“今天说去客户那边正好路过我这”,“明天又说这个餐厅披萨好吃一个人吃不完。”有时候想证明给一万个人看,到最后发现只要有一个人明白就够了。无数次的黑夜都是“我能再次起舞”,这种信念的力量指引着我前行。

一天清晨,阳光通过窗户照射了进来。我拄着拐杖走到窗边,伸一只手把窗户打开,一阵微风扑面而来。那一刻,我决定丢掉拐杖，开始艰难的康复训练。起初的每一步都走得小心翼翼，不停地试探再试探，隐痛伴随着前进的每一小步，我又朝前迈了几步。我仿佛能听到自己的心跳声，这也正是舞蹈传达给我的意义："永远年轻永远热泪盈眶，翩翩的舞姿中表达着对生活的热爱。"舞蹈带给我最重要的品质是坚韧，无论多困难，都要对生活抱有希望。后来一切都慢慢地有了好转。有次，西西来我家时，我正聚精会神地观看黑池拉丁冠军迈克尔和乔安娜的表演视频。她走了过来，我们两个看了一遍，一遍，又一遍。她敏锐地觉察到我的眼神中透露着对外面世界的向往。

一个秋天的午后，天气是温和的。西西打来电话说："这么好的天气，我们出去走走吧！"我走出门，迎面而来的微风舒服至极。我们沿着繁华楼宇间的一条街道向前走，茂密的梧桐树下有熙熙攘攘穿行的人们。在树荫下，西西一身休闲装依然掩盖不住白皙的肌肤和清澈的双眸。不远处的繁华，触手可及的青春，自由呼吸的空气。路上西西把丝巾紧紧地围了围，丝巾的香味似乎让我陶醉，任凭思绪在风中飘扬。我们追随着熟悉的旋律走进了一家清吧，青睐这种淡淡的忧伤。绕着舞台一圈，找到人少的吊脚楼窗口坐下，点了瓶清酒，远眺对岸的景色。微风摇曳着河边的绿柳，阳光落下的影子迷幻而温暖，偶有微风徐来。打发午后时光的，是一杯清酒和一本书，钱德勒的《漫长的告别》，直至暮色将近。

最后伴随着音乐“Moon river，wider than a mile。I'm crossing you in style some day。Oh，dream maker，you heart breaker。Wherever you're going，I'm going your way……”我们走出了酒吧。我说：“谢谢你带我来到这里，给了我看得见的今天。”她转头对我说：“我们一定要相互珍惜这美好的邂逅。”我叹了口气，说：“国标对我们很重要，虽然我不知道以后还能不能跳！”她看着我微醺的脸，笑了笑。她浅浅的微笑中藏着深深的祝福：“愿你走遍万千世界，归来仍是纯真少年。”手指在空中有力地比划着：“是不是有一个人曾温暖过你的岁月，惊艳过你的年华！”我们对视让彼此的信念变得坚定。

这时是深夜，西西看起来跟白天的形象反差很大，酒精的原因，她走路一直在小幅度地左右摇晃，我拿着未燃尽的烟蒂走在她身后，看着她的背影，像极了花样年华中旧年代的女人，她将古典和现代完美地结合在了一起，风姿绰约。我对她说：“如果我不能跳舞了，你一定要好好地跳。”西西转头说：“你不能留下我一个人跳。”说着说着她哽咽了。她转过身继续向前走，我们沉浸在残留的夜色中。

不久后的一个傍晚，夕阳染红了天。听到敲门声，我打开门，西西便嗖地扑向我。她走到窗前，伸手比出爱心的姿势，落日透过双手照到我身上，映出心形的影子，说：“采摘一枚爱心落日送给你。”我们并肩站在窗边，我感叹道：“青山依旧在，几度夕阳红。”她说：“别吟诗了，快做一套康复训练。”夜幕降临了，在月光笼罩的夜里，西西说：“今晚的月光很美，我们去楼顶吧。”她拉着我的手奔向楼顶，月光洒下来，铺满整个楼顶。我展开双臂转圈跳跃，兴奋不已，灯火阑珊处西西望向我，我们深情对视的瞬间。我说：“不如，我们来跳一支舞吧！”

我掏出手机放起音乐《Fields of Gold》，脱掉了鞋子，双脚稳稳踩在楼顶的地上。踏着节奏，一步一步缓缓地走向西西，她站在不远处深情凝视着我。我继续向前，只剩一步时，突然伸展开双臂，开始滑门步。西西先绕着我旋转跳跃了两圈，然后从身后搂住我的腰，我们只是简单的舞步，没有高难度的动作，更没有经典的托举。几个舞步后，我便有疼痛感停了下来。西西一把紧紧地抱住了我，问：“没事吧？”我目光迷离地说：“没事。不好意思啊，舞蹈刚开始就结束了。”没等我说完，她踮起脚尖吻住了我。

“找个位置坐下吧。”西西说。我们坐在楼顶眺望整个上海的夜景，万家灯火。西西把头倚靠在我肩上，说：“其实，你很勇敢！”我只是笑了笑。最后她躺在我的怀里，问：“你有没有想过，假如你不能再跳舞了，接下来怎么打算？”我摇了摇头，说：“不知道，可能回去工作吧。”西西说：“肯定会不甘心吧。下那么大决心辞职去舞蹈。”我沉默了许久，说：“也许这就是生活。”西西说：“那我也不跳了。”我斩钉截铁地说：“不可以！你不能因为我而不跳了。”

我眺望着浓郁的夜色，感叹道：“以前，我不太懂得珍惜起舞的日子，现在开始懂了。受伤后，我不敢有太多的奢望，我把每一支舞都当成最后一支舞来跳。”西西喃喃地念叨：“有时候，恨自己太年轻，不知该如何帮助你。我知道你这段时间经历着崩溃、挣扎，无助和绝望。”她接着说：“有时候我在想，如果我们没有抢最后三秒的绿灯。现在的我们……”说着说着她抽泣了起来。我拍着她的肩膀，说：“都过去了，过去的事就让它过去吧。人生没有如果，但是当下的美好很多，比如此刻的音乐，夜色……”“你一定会好起来的。”西西坚定地说。

过了好一阵子，膝盖的疼痛感终于消失了。尼采曾说：“每一个不曾起舞的日子，都是对生命的辜负。”当我再次走进舞房，似乎有些陌生。但当熟悉的音乐响起，我如沐春风，瞬间又回到从前的熟悉，跟随着律动又舞动了起来。刚过几天膝盖又肿了起来。当晚，舞蹈老师走到我身旁，语重心长的对我说：“你要认真休养半年，别总是感觉好点了就来跳，带伤跳舞对身体损害大，就是你天赋再明显，舞姿再优美，如果没有了身体支撑，到最后什么都没有。何况，你还很年轻，如果你还像现在这样坚持跳，身体跳坏了，你接下来的人生该怎么办?”西西一把拉着我走出了舞房。

时间尚早，我和西西趴在南外滩的岸边护栏上，黄浦江上轮渡不停地穿梭，西西的头发被深秋的冷风吹了起来，丝丝凌乱在脸上，但这依然掩盖不住她精致的脸庞上浮起的几丝惆怅。霓虹闪烁的灯光倒映在潺潺的江水里，夜开始变的朦胧。西西突然感慨："人要经过多少的苦难才能有所成就，过上自己梦想的生活。时光带给我的和拿走的一样多。"这种情绪在高楼大厦的掩映和玻璃折射的霓虹灯光中蔓延，就像不知道接下来会发生一场限时的舞蹈还是一场胜利的狂欢。一艘游轮在江中忽然鸣笛，深沉而又悠远的喇叭声唤醒了西西。西西忽然目光变得清晰，把脖子里的围巾重新围紧，双手插进口袋，风衣紧紧地裹住了自己。夜凉了，沿着江边一直往回走，路上西西变得沉默，只听见她高跟鞋的声音触碰冰冷的地面，清脆而有力。我说："我们回家吧。"她说："已经到家了。"

又一个周末，这个周末像往常一样的美丽、平静。在西西家里，她坐在床边正专注地化着妆，左手拿着镜子，右手拿着眉笔，眼神专注，不停地在脸上轻描，眉线轻轻地在眉宇间闪现。温馨依旧，气氛正浓。我不禁站了起来，拿起手机开始记录这份令我动容的瞬间。为了不打断她，拍出美丽的画面，我不停地变换着角度，时而蹲下，时而仰起，后来斜躺在地上，把她的美全方位地印刻在时光的痕迹里。打粉底，描眉画眼，修边幅，玉人面似精磨画。后来她站了起来，拉开衣柜，如同打开了潘多拉魔盒，五彩缤纷的礼服精致地排列着，每一件衣服都像是另外一个她。一套经典的空乘大衣格外地显眼。她感叹:“这是当年做空姐的那几年,天天穿的礼服,现在好久没穿了。”她眼神中透露着不舍和留恋。她又一次穿上,我似乎感受到那件外衣的质感,淡淡香气也散发出温馨触感,那一刻似有一颗石子掉落她的心湖溅起圈圈涟漪。我拿起相机咔咔地按着快门,故意打开了闪光灯,她似乎找回了那种熟悉的万众瞩目的感觉。接着她又带上首饰珠宝,处处透露着高雅的气质。忽然感觉我们不在一个世界,她的世界里,流光溢彩,理想与现实的交错。我的世界里,只有现实和落寞,平凡而又朴素。

天空忽暗,我因腿伤变得敏感。再看到她拿出曾经伴随在她的梦想彼岸闪闪发光的那些“战利品”,我第一次感到卑微,患得患失,我曾对理想充满了激情和想象。然而她曾到达过理想的彼岸,现在想回归平凡的生活。这时,西西的手机突然弹出了一条信息,她说:“帮我看看什么信息。”我拿起手机看到:“好久都不见你来跳舞了?记得你曾告诉我,你唯一的梦想就是国标。时间是舞者最大的敌人!你那么热爱跳舞,来跟我跳吧。”沈廷发来的信息。看到这条信息,我走到阳台思考许久。

我凝视着她,咄咄逼人地表达强而有力的观点。“我可能再也不能跳了,你要有个舞伴继续跳。你不要再管我了。”我掷地有声地说。“跳不跳是由我自己来决定的。”她坚定地说。因当前的观点不同而产生角逐，不知是哪个点触碰到她小心翼翼呵护的底线，我强硬的态度激起了她挤压在心底的抱怨，直至激烈争吵，我们像是越燃火势越高的火把，轰地一声烧掉了彼此最后的遮羞布。后来我被她不小心碰伤，我坐着一动没动。她拿出了药膏，坐到我身边安静地涂抹。她边不好意思地道歉，边悄悄从床头抽屉里拿出了一张体检报告。她开始讲述走过的一段不堪回首的路，她边说边泪眼婆娑，我伸手抽出一张纸巾，帮她轻轻拭擦泪珠。她说："有段时间我生病，身体坏到了极致。再加上天天在天上飞，整夜整夜的失眠，我决定落回地面。翩翩起舞，是我的另一种飞翔。"说到最后她妆容已花成一片。我的眼泪也忍不住的流了下来。后来她起身拿起笔和纸，流着眼泪，用潇洒自如的笔体，写了一封信："当看到你硕大的泪珠滚落在大理石雕刻的脸庞，像希腊的英雄，曾唤醒过我的灵魂……"

当晚西西把我送下楼，我们就分别了。在地铁上收到了她的信息，她说："最近想一个人静静。"我看着这短短的几个字，背后莫名升起了一股寒意直渗入骨髓，心一直在下坠下坠，跌落进黑黝黝的深渊。我出了地铁，衣衫单薄站在凛冽的风中，冷风从脖子灌入身体，缩了缩脖子。我想到受伤后，自己的情绪飘忽不定，这段时间过于敏感脆弱，无意间让她蒙受了太多的压力。那一瞬间，我感觉我配不上西西，也怕耽误到西西的美好生活。放不下的有舞蹈，还有她。我继续休养，偶尔会去看看职业舞蹈比赛，慢慢地发现舞蹈时光和我越走越远。我和西西的联系也渐渐少了。

一天黄昏，我正走在回家路上，突然收到西西发来的信息："如果你有时间的话，一起吃顿晚饭吧！"这也是我和西西吃的最后一顿饭，我点菜都开始变得生疏。吃完走在路上，凛冽的寒风锁住了双唇，大家没有丝毫要张嘴说话的意思。后来坐上地铁，我帮她擦去座位上的脏物，她终于忍不住了，像是被刀扎破的气球，所有的委屈和痛苦都倾泻而出，依偎在我身旁，开始呜咽。她说："这段时间，我感觉到无比的沮丧和前所未有的压力，可能起舞对我们来说，要很遥远了。"我咬紧牙关，嘴角微微抽动，一股无奈涌上心头，想要狠狠地捶自己两拳。

地铁里灯火通明，车厢空空荡荡，找到宽敞的位置坐下，车窗映射着我们的疲惫。我突然感觉到陌生，她是地铁上的一个乘客，在车厢里散发着香水味，她的头依靠在扶手壁上，她的两只手慵懒地放在腿上，这很像是荒芜城市中短暂的依靠。西西叹了口气，说："你知道吗？最近开始有一些奇怪的事，我可能走在路上或者坐在地铁，突然就会泪流满面。"她说着声音忧伤了起来。我看着目光空洞的她，绷了绷嘴，沉默了。我忍了良久，终于挣扎地抬起头，似乎是跋涉了上万里的艰难。我握紧了她的手，挤出了几个字："你勇敢地起舞吧，就像……就像我们从未遇见过一样。"

4

无数次蜷缩在沙发里，都在感怀这段岁月美好地有点不够真实。有梦想绽放的憧憬，有爱情来临的幸福，有舞蹈付出后收获的喜悦，有美好的夜晚。缱绻在那段时光的温暖中，就像是上天格外的垂怜，为我织了金碧辉煌的楼宇，让我沉醉不愿醒来。

暖暖的阳光午后，上海繁华高档商务街区行走着忙碌的人们。我削去了长发，也混迹在人群中感受着不可企及的梦。最后我穿过拥堵的街道，搭上人潮涌动的地铁，我的身体被挤压在车厢中央狭小的空隙里，视线越过此起彼伏的头颅，看见车厢连接处随着车厢晃动的女子，我想到了西西。

入冬的时候，我找了一个阳光不错的下午，约西西喝咖啡。西西坐在我对面，偶尔抬起头对我浅浅笑着，不言笑时的冷酷和笑起来的温暖都让人着迷，那张笑脸在内心荡起的涟漪，又使我有些想念从前。她问起我的近况，我说："会焦虑，某些瞬间还会觉得有些事情未完成，没有成就感。"她抿了一口咖啡，说："不管生活多么糟糕，总有一些你能做并且能成功的事情，世界就是如此。"

就在这个初冬，站在天桥的我故作镇静，冰冷的风像是揣着刀子，一刀一刀刺在我的脸上，手上。她注目着我，我凝视着她，整个世界都变得安静。最后她咬了咬嘴唇，低声说："我们先分开吧。"她说完这话垂下了头，我重重地点着头说："对不起，我没有照顾好你。"我吁了口气，淡淡地说："那么我们同时转身吧，往前走不回头。"我转身后脑袋一片空白，傻站在凛冽的寒风中，没向前走也没回头，任凭热泪顺着脸颊滚烫落下。这一刻，似乎整个世界都安静了。

之后的好多日子，我躺在床上从天亮到天黑，没有一丝前行的力量，渐渐地在黑暗中迷失。有一天，室友走进我的卧室，说："曾经有一个水手，计划到一座美丽的岛上，但航行途中因为一阵奇怪的风，使船改变了航向，最后到了一座孤岛上，岛上一切都是未知的。如果时间让你改变了航向，你是否愿意在这座岛上停留？"他看着我，浅浅一笑，说："我无数次地问过自己这个问题，生命就是一场冒险的旅行。"我重重地叹了一口气，无奈地看了看自己的腿，说："不能再这样放纵自己，即使看不清前方的路，也要仰头向前，谁的青春不迷茫，可是谁又在路上曾停留。"我想起前几天，一个朋友给我分享的故事：有次，她坐在从上海开往大阪的邮轮上，途中突然遇到巨大的风浪，所有的人都在恐惧，跑回餐厅或者船舱，但是她透过船舱窗户，看到一位老者站在船甲板上，迎着风浪淡然地吹着口琴，那一刻，她释怀了很多事情，她说："快乐是可以选择的。从此之后，我再也没有了忧伤。”

一个清晨，阳台上那盆花儿，忽然绽放了。阳光柔和的、温暖的照在花瓣上，我弯腰在那鲜红的花瓣上闻了一下。“这是我和西西刚认识的时候，她送给我的，作为我们爱情和舞蹈的见证。现在花都开了。”我自言自语。后来在小区附近琴行办张钢琴的练习卡，每天起床就去琴行，一坐就是整天，再站起时天已黑。将近两个月的艰难时光，都是在琴行度过的。钢琴老师有次调侃我说：“你以前练琴是为了培养兴趣，后来发现是兴趣培养了你。在这个急躁的社会，永远只有黑白两键不停地快速交替，而你已经跟不上节奏，在自己的世界里去享受那一抹美丽的哀愁吧。”我钢琴快速地进步，膝盖也渐渐地恢复，心情开朗了。我突然发现这份爱已经无声无息地把舞蹈融进了对生命永恒的向往之中。我深深地相信：“生命的一切成长，都需要时间。”

有次钢琴老师坐在钢琴前，指尖轻抚黑白相间的琴键，从中央C开始，左手大跨的两个八度，右手灵活的两个转位，弹指一挥间，一串悠扬动听美妙绝伦的旋律，直达我的心底。我闭上眼睛沉浸在这美妙的钢琴声中。很奇怪，这段旋律在脑海里有非常成熟的画面感，只觉得就应该是一片汪洋大海，带着孤独的海港，苍凉的海鸟和一份深沉平和的爱。随着曲子最后的休止符，我泪水已模糊了双眼。“琴声很美、很轻柔。我从未听过这样的琴声。谢谢你带给我的感动。”我称赞道。钢琴老师说：“这首钢琴曲是《献给爱丽丝》，也献给你。”我深深地鞠了一躬，走出了门。

一个人无数次走在安静的河边，耳机里播放着《Memory》，任由美好的画面不停地在脑海中闪现，眼泪却在眼眶中不停地打转。一阵风吹过，长发凌乱地遮住了双眼，我用手拨开，忽然看到飞鸟在河里戏水，大雁在空中飞过，桥上赶着回家的行人，也许这才是生活的真谛，简单而平凡。在河水被微风吹过泛起波纹的那一瞬间，我好像释怀了。

时过境迁，后来去过一次舞房，透过厚厚的玻璃门，看到舞蹈老师正在教着动作，那群熟悉的人正搭伴跳着缠绵的伦巴。我屏住呼吸呆呆地想起了过去的那段跳舞时光。那时的我们站在最前排，身姿挺拔，眼神专注，每天都挥汗如雨。瞬间遗憾涌上了心间。很想对西西说声感谢。就在这时，教室里音乐突然响起“今夜不会再有难舍的旧梦，曾经与你有的梦，今后要向谁诉说……”我晃了个神，余光望向西西时，她身姿挺拔如初，舞姿感觉更加优美，她的嘴角依然微微上扬。一个转身跨步动作，我的视线被沈廷的身体挡住了。沈廷看到我，狠狠地瞟了我一眼。我停留片刻，便默默地离开了。从此再未去过。

后来西西约过我一次，那是我们最后一次见面，约在晚上八点娄山关路地铁站。我七点就坐在了站台层的长椅上，看着一辆辆地铁飞驰而过，一批一批的陌生人下班赶着回家，那也是我最后一次等她下班。我故作轻松地把右腿搭在左腿的上面,胳膊托着左脸颊,安静地看着人潮。那一瞬间忽然对爱情抱有回暖的希望,又对这段岁月抱有遗憾,我等待着。一个熟悉的身影出现在了我的视线中,我站了起来,嗫嚅地说:“你来啦。”她看了我一眼,轻轻地点了点头,一瞬间感觉到彼此很陌生。她示意我坐下,我们坐在长椅上看着数不清的候车人,和一列列呼啸而过的列车。偶尔在我们面前出现一对情侣在打情骂俏,旁边的位置换了好几拨人。我们大多的时候,都是沉默地看着周遭的一切。

无意间,我某一刻下意识地脱口而出她的名字,我说:“西西,你……”她突然哭泣了起来。她说:“你知道吗?人会经历两次死亡,一次是我们停止呼吸,一次是当我们熟悉的人最后一次叫起我们的名字。”我掏出纸巾,帮她擦去泪珠。她抹着眼泪喃喃地说:“对待这段感情,我尽了我最大的努力。”我万分无奈地说:“我现在生活一团糟,处在低谷,不能很好控制自己的情绪。”她突然响亮地说:“希望我们变得成熟的时候,还能相遇,再一起完成黑池梦。”仿佛看到了一个藏在深海海底的蚌张开了口,在柔软组织里包裹着一颗珍珠,闪耀着微弱的光芒。她最后说:“不管生活有多难,不管你感到多迷失,你必须答应我,都要心存希望。”

已是深夜十一点,地铁屏蔽门闪烁的灯,和报警器发出“嘀嘀”的声响，都提醒着我们是时候离开了。广播里不停地播放着：“这是今晚最后一班前往浦东国际机场方向的地铁……”我忽然停了下来，看着天花板，目光空洞地说：“我们的故事就停在这里吧。”最后一班地铁进站，门徐徐打开，我们踏进车门，车厢空荡荡，一瞬间我仿佛置身于另一个时空，有一种时空穿越的感觉。车厢窗户映照着我们，我们只是呆呆地坐着，没有说话。这一年我们经历了太多，在冬日的寒冷甚嚣尘上，渐进忙着道别和期许的时候，我似乎找到了从容的和解，这一切也许就是命运的安排。地铁到世纪大道站，她转头对我说：“我要下车了。”我慌忙站了起来，她走出了车门，回头跟我道别。我站在车门前没有下车，嘀嘀的预警声再次提醒着我们车门即将关闭，那声响亮“哐”的一声，她转过了身，我也把头别向了车门角落。我知道我们都哭了。

后来，每次看到刚学习舞蹈时的练习和表演视频，一个又一个的镜头浮现，和匆匆的几帧画面，练着简单的几个不成熟的舞步，没有对白，只清晰地看到汗珠顺着脸颊不停地落下，和那对着镜子专注的眼神。每次看着这些画面时，我的眼泪就会忍不住地流下。那些人那些事最终还是成了过眼云烟。西西也如同刚煮沸的茶水，遇到冰冷的玻璃盖子，结成了雾，凝成了珠，朦朦地看不见了。

某一天，之前的一个舞友告诉我舞房租期到要搬迁，清理衣物时，有几件衣服和鞋子不知是谁的，要求大家去认领。再次来到熟悉的舞房，舞房打扫卫生的阿姨见到我惊讶又激动地说：“你终于来啦，好久都不见你来跳舞了，我最喜欢看你跳舞了。”我礼貌地点头说：“最近工作有点忙。”我打听大家都跳得怎样，阿姨说：“有些人已经开始参加一些国内国际比赛，沈廷还在国内比赛中拿了奖，有的舞友换了好几拨舞伴。西西好久都没有来过舞房，只听说她又飞上了蓝天，之后再也没来过这儿。”

在一个阳光温暖的下午，我又翻出她的那段文字：“当看到你硕大的泪珠滚落在大理石雕刻般的脸庞，像希腊的英雄，曾唤醒过我的灵魂。我知道那段时间你承受了常人难以承受的压力，追寻梦想就是这样，你走了一条孤独的路，遇到的所有困难都只有你一个人面对。每个人都会有不羁的时光，会遇到很多的事情。人生的经历，就像麦穗的成长，真正成熟的时候，会轻轻地低下曾高昂的头。再回首，整个世界在你心中显出较完全的意义，美好的过往像是一种符号标记，更像是你生命长河河畔艳香夺目的花，把它独特的香气漫逸在整个河畔。所谓的那些光辉岁月，并不是后来闪耀的日子，而是无人问津时，你对梦想的偏执。人生就是跌倒，爬起，再跌倒，再爬起慢慢成长的过程，很多时候就这样淡定而坚定地向前走，最后学会了坚强。”

那晚，我一个人在路边喝酒，突然接到朋友的电话。他问：“最近可好？”我顿了顿，说：“还行。在找工作。”他电话里好奇地问我："那你这段时间忙啥?"我在电话的另一端凝视着远方沉默许久，叹了一口气说道："忙点自己的小事。"我喝完了瓶中的最后一口酒，随手将瓶子砸了稀碎，飞溅的碎片像是秋风淘汰的落叶，落在哪里就定成了尘埃。后来我站起来走得踉踉跄跄自言自语："那个曾经意气风发说要输得慢点的朋友，最后还是输了。"有多少人在坚持中走散，而又有多少人在迷茫中坚持对未来的期许，愿岁月的温存将她温柔以待。我蹲在路边，点上一根烟。从远处传来莱昂纳德·科恩的音乐，带有烟熏火燎的陈年印记，仍有撕裂感。在青春的路上，因为追寻而人生变得不一样，生命变得有质感。我把烟头熄灭高高地弹起，起身走向路的深处。莱昂纳德·科恩的一句歌词这么写道："万物皆有裂痕，那是光照进来的地方。"

有次我正巧路过舞房旧址，步伐却不自觉地向那边走了过去。门口的灯凌乱地悬在屋顶，门紧紧地闭着，地上落满灰尘，我的那张海报破烂不堪。我闭上眼睛，用手抚摸着海报上的自己，感觉那段岁月从未离开。我的乌托邦永远被埋藏在这里，在心上撒了一抹忧愁。我想起几年前在长江迷笛最后一次看脑浊乐队，想起那舞动的旗帜，那些年轻自由的脸庞，那首歌在耳畔嗡嗡作响："有时我会黯然神伤，许多往事都放在心上，有时我会让尘土飞翔，永远的乌托邦。"我透过门缝向里看，房间空空的，只剩下几块破烂不堪的木地板。看着眼前的场景，回忆着过往，我蹲在地上哭得像个孩子一样无助。

后来沈廷告诉我：“还记得那天我瞟你一眼吗？那不是鄙视，是发自肺腑的羡慕。我一个换位动作，正好让西西面对你离去的背影，我不知道她有没有看到，只是那一瞬间我放下了对你的怨恨。那天她拒绝了所有人的搭伴邀约。那是她最后一支舞，她想一个人跳，整支舞她都是闭着眼睛跳的，我想她脑海里一定有一个舞伴。她的嘴角依然上扬，可是她的眼泪却从她紧闭的双眼中泄了出来。”

如若承蒙时光的眷顾，希望将来在某个街角的咖啡馆，能和她相对而坐，一如过往亲切地相视而微笑，愿那时我们依旧像曾经那般美好，愿我把藏在心中的温存倾吐。每每有此般念想，我便清醒，她是我在这座城市无穷人海里相逢的一位朋友，遗落给我满地的花瓣，再难相见。

5

几年后，朋友找我帮忙 Chinajoy 展几天。长三角的模特集中在浦东新国际博览中心，一个个高贵的脸蛋淡妆浓抹，穿着漂亮的服饰，踩着精致的高跟鞋，站上万众瞩目的舞台，被闪光灯聚焦着，拿着上班族比不上的高薪，过着看似灯红酒绿的生活，是普通人触碰不到的存在，好似上帝的宠儿。

在现场互动环节，十个女模特站成一排，主持人说："现场观众回答问题可以获得一束玫瑰花，送给台上喜欢的模特。"还剩最后一束时，我起身拿起，送给一位安静典雅的女模特，因为她长得像极了西西。最后一天活动结束，她脱掉了高跟鞋，换上自己的休闲运动装，走到我身边，说："终于结束了，谢谢你。"我轻轻地说了一声："再见。"也许是上天的安排，展厅突然响起《just one last dance》，我站在人群中，深情地目光看向她离去的背影，都是西西曾经的样子。那一瞬间，所有的故事和回忆又冲进了脑海。我做过很多次梦，梦里总是回到那个隔着玻璃门看西西跳最后一支舞的样子。如果这段年华，仍有遗憾，无法对西西说出那声感谢，那就感谢这段最好的时光吧。就让我忘却伤痛，去刻画出我们最后的舞步。

曲停了，我也该走了。

桃花坞

祖彪正在聚精会神地盯着监视器，秘密操纵着一台笨重的摄像机。忠臣站在祖彪的后面观望，现场异常的安静，这是纪录片《桃花坞》的拍摄现场。祖彪说：“电影大多数都是表现生活，窥探人生，洞悉人性。”在桃花盛开的春天，一位在孤独边缘徘徊的人闯进了一个陌生的地方，飘落在城市角落的年轻人在这里相遇。微醺的情绪伴随着朦胧的灯光，让人有些恍惚，瞬间忘记过去，得到暂时的安定。这群城市失意的人，带着各自的无奈和绝望，做着一些看似荒诞的事，汇聚成笑声和悲伤，在空气中弥漫。

我想象着剧中的自己，这是我感觉最孤独的一次。

拍摄场景需要真实感，镜头里的我们必须是鲜活的，祖彪告诉我最多的一句话："演戏就是在戏中生活。"这是一场城市边缘孤独旅程的开始。

人间的四月天，桃花缤纷遍地粉红。

出租车停在了上海繁华楼群间的一处小巷入口，顺着路的方向是一排与周边格格不入的两层破旧房屋，人迹罕见，细细观察建筑又非常别致，这些安静又有些阴暗气息属性的房子笼罩着我的躯壳，就像我刚经历的人生起伏，让我变得颓废，无忧的渴求。我继续疲惫地往前迈步，仿佛看到这里曾有的灯光华灿、夜夜笙歌的热闹场景，又似乎听见随着城市发展终归没落的哭诉，被遗忘在这简陋的角落。沿着这条窄窄的巷子，走到尽头，一处圆形精致的大门把我从梦中拉回，一侧墙壁上写着几个醒目的楷书大字："人生若如初见。"

走进大门，是一个宽阔的院子。院子里一棵上了年龄的梧桐树下放着一个摇椅，摆来摆去。门后不远处，慵懒躺着的哈士奇头也不抬的看了我一眼，继续睡去。院子正中央放着一张台球桌。右边的阳光玻璃房，算得上最时尚的一幕，四面全是透明的玻璃墙，空当的玻璃房放着几张柔软的沙发。玻璃房里传来轻柔的民谣音乐，内心的孤独瞬间烟消云散。

夜幕降临，躺在阳光玻璃房内遥望夜空，沐浴着月光，倾听风声，渐渐舒缓我疲惫的心情。这是一年中最舒适的季节，夜风中略带着湿润的凉气，从耳边拂过，舒服极了。我想："下雨时，坐在这儿，倾听雨滴拍打在玻璃上碎碎的声音，是一种奢侈的享受。"酒吧就在阳光玻璃房里，也叫阳光酒吧。安顿好后，我便开始了吧台磨咖啡、调酒、做西餐的隐居生活，这样的日子不急不躁，甚是惬意。

这个地方像一块巨型磁铁，吸引着一群来自世界各地的年轻人。他们拥有着迷人的容颜，也隐藏着秘密。在这里过着今朝有酒今朝醉的日子。朋友告诉我："这里人多，可以治好你的孤独。"在这的时光里，见多了人来人往，日子就这样平淡地过着，看似平静的日子下其实暗流涌动。

在这段沉沦的岁月里，我看到了世间百态、沧海桑田，生命的百转千回和岁月的柳暗花明。很多的时候，生活一点办法都没有的时候，一切就悄悄地来了。

一　落花无意

清晨，我沿着还未被太阳照亮的楼梯，走向楼顶。一丝朝霞浮现在远方鱼肚白的地平线上。一阵凉风从面前拂过，我裹紧深蓝色的牛仔外套，凝视着远方。一切即将开始，一切还可期待。太阳从云层中偷偷地探出了头，第一缕阳光穿过云层，柔和的光线洒向大地，这里被唤醒。再美的词对眼前景象的描述都显得苍白无力，我沉浸在这天然的诗情画意中。

楼上一切静悄悄，楼下厨房正在忙碌。大厨早早地起床准备早餐。（大厨，28岁，身高172cm。隐身是他的特长。看似平静的外表下，隐藏着一颗骚动的灵魂。刚认识大厨时，大厨只是大厨，做饭很认真。大厨把我当朋友，这些日子他会问我想吃什么，只是从来没按我说的做过。）他戴着白色围裙，有力地挥舞着菜刀，不停地“哒哒哒”剁着土豆，然后放入锅中煮熟，晾干撒上椒盐。烤面包机旁边放着一筐面包片，一壶红茶热饮，一壶果粒橙冷饮，草莓酱黄油酱、鸡蛋和水果各一大盘。陆陆续续地有客人起来，有些人退房，有些人准备出门，有些人就只为了吃早餐而起的，秋香就是其中之一。（秋香，26岁，身高168 cm，短发气质女，性格相当坦率。她路过之后，带有一阵香气，闻香识女人，知道是秋香走过。她虽没上过大学，但在自学英语。她半年待在国内，半年在国外，一眼就能望穿秋水。）她穿着黑色睡衣迈着优雅的步伐，扭着性感的胯部，熟练地拿起餐盘，不一会儿便装满食物。她路过后，香气扑鼻而来，犹如玛丽莲梦露般性感。众人的眼光齐聚而来，大厨也忍不住瞄了两眼，露出邪恶的表情，自言自语道：“秋香的身材还是很棒的，只是皮肤看上去有点粗糙。”有个客人大声喊了一句：“牛奶没了！”大厨不情愿地回到厨房继续准备食材。

就餐时,威廉戴着一副黑框眼镜,穿着一身帅气的紫色西装,端着餐盘绅士地看了一圈吃饭的人。(威廉,30岁,美国留学归来。他希望自己是个王子,所以给自己取了一个英文名字威廉。他跟任何人都能自来熟,还有中英参半的语言表达能力。经典语录 Hey man, just do it。)他径直走向秋香的餐桌,坐到秋香对面,说:"Hey man, just do it,你从哪里来?"秋香继续低头吃饭,当作没听见。威廉靠近秋香又重复一遍,秋香瞥了他一眼,低下头继续吃。这使威廉有些垂头丧气,但不会留下阴影。对威廉来说,从吃早餐开始,不搭讪一女子,对他来说新的一天就不算开始。大厨探出头观察到整个过程,躲在暗处窃喜。吃过早餐,一天的生活就热闹了起来。

早上八点半,小胖夜班结束还剩半小时。(小胖,微胖界的No. 1,夜班达人。一句话描述小胖就是:一顿操作猛如虎,一看工资2500。当了个村官,操着联合国秘书长的心。小胖憨厚老实,有一个梦想。)小胖正在帮客人办理退房手续,熬了个整夜,他看起来没精打采的。我安静地坐在吧台,小胖下班后透过玻璃门看出了我的伤怀。由于我刚来时是小胖接待的,自然有三分熟,小胖也刚来这里上班,操作还不是很熟练。

小胖打开冰箱拿一瓶水,递给了我。我摆了摆手,说:"不用。谢谢你。"小胖硬塞给了我。第一次闲谈,大多时间我沉默寡言，聊天多次中断。后来随着谈话深入，把小胖的编剧梦想聊了出来。我好奇地看着小胖，问道："那你为什么在这里做前台？"小胖得意地笑了笑，说："在这里是为了积累素材！"我们声情并茂的从演员聊到导演，再到编剧。小胖一本正经地说："有人曾说培养一个演员需要十年，培养一个导演需要二十年，培养一个编剧需要三十年。我没有成功主要还是年龄不够。"说完，他大笑了起来。后来，小胖自言自语："期待这段岁月，如歌蜕变。"说完就回房间补觉了。

温暖的阳光洒在院子里，微风从河边轻柔地吹来，舒服至极。秋香出现在摇椅上，一身黑色连衣裙，戴着耳机看着视频，一副好难接近的样子。由于威廉不识趣，又不解风情。他走到秋香面前，先是晃游了几下，开口说："Hey man, just do it. 可否交个朋友？"秋香听到这不伦不类的中英问候，浑身不舒服。她当然不会放过这绝佳的机会，翻出怼人第六技，一顿劈头盖脸。秋香说："请说人话，看不出来中国人啊！拽什么洋词。"威廉站在原地露出无辜的眼神，说了一句："怪我喽！"秋香紧接着怒怼："站直好好说话，在我面前晃什么晃！"从上到下，从外表到内涵，从长相到谈吐，一个全方位360度无死角的怼人。威廉垂头丧气，怎么也想不通自己留学国外练的标准口音，这种萃取中西方文化精髓的洋气打招呼方式，为何一直被鄙视。他在对自我的怀疑中，转身离去。

下午三点半，我透过玻璃门看见一位穿着蓝色工作服的环卫工人准时出现在拐角处。从面相来看，他二十岁的样子，中等身材，瘦弱的身体里隐藏着巨大的意志力。他把三轮车停好，拉着大垃圾桶从我身边走过。我主动拉开挡在他面前的椅子，他取下紧塞的耳机，貌似要张口说话，可不知为何欲言又止，又把耳机塞了回去。也许他认为待在自己的世界里，或许更好。他又提着两大袋垃圾规律地来回四趟，然后骑着车子扬长而去，消失在视线尽头。一天只出现这一次，把这里一天产生的垃圾运送出去，但这位无名大侠却成了我生命中很重要的过客。

夜晚是最热闹的，整个玻璃房灯火通明，大家都回来了。门口站着几个抽烟的人，摇椅上坐着两个人，阳光玻璃房沙发上窝着三五人，台球桌边还围着一群人打台球，散落各处还有一些人。一堆堆的人围着天南地北地聊。热闹是他们的，我独自躺在沙发遥望夜空，舒缓我疲惫的心情。威廉到处闲逛，大厨时不时从厨房出来透风。浪里白条也穿梭在人群中，他从不过多地停留。（浪里白条，21 岁，初来乍到。丹凤眼吊脚眉，一双会偷人的眼睛，擅长穿行。刚来时他的热情很感染人。别人说话，他会围过去插上两句，偶尔遇上老外也 yeah. yeah 地说两个单词。）深夜十一点，酒吧音乐停止，喝得醉醺醺的人会散落在沙发或者院子，或者街角。有散落的人没有睡去，他会凑过去和别人闲聊几句。等热闹散去，他也回去睡觉了。

当小胖出现时，夜班开始。秋香会归来，这个夜晚去得静悄悄。在寂静的深夜，我难以入眠。走到空荡的大厅，看见小胖正核对着客人的订单。小胖抬头看到我，停下手里的事情，问："失眠了？"接着又说："有什么困难吗？我可以帮助你。"我沉思片刻，说："不知道从什么时候开始，我变得有些孤独。"梦想成为编剧的小胖把他毕生所学都用来安慰我，耐心地帮我分析来龙去脉，把我拉回到轨道上来。这是一段极其艰难的时光，在认识小胖之后开始变得不一样了。

二　暗流涌动

清晨，一缕阳光透过窗户照射进来，我躺在床上就听见楼下威廉的"Hey man, just do it"，我起床下楼看见秋香坐在摇椅上正背诵着英文单词："Amazing!"，一位德国帅哥坐在了秋香的旁边，由于语言的障碍，两人一直没聊起来，只是偶尔简单的英语交流几句。倒是威廉隔空跟德国帅哥聊得火热。其实威廉认真说话的时候，英语口语真的很不错。大多数时，秋香只是听着，通过翻看手机来掩盖自己的尴尬，偶尔也会对德国帅哥手舞足蹈表达着想说的话。后来秋香转头问我："怎么把英语学好?”她紧接着小声地说了一句:“大学英语四级刚过线。”威廉急忙追问:“四级考多少分?”秋香支支吾吾轻描淡写地说:“也就六七十分吧。”威廉当场听懵了,偷偷地问我:“四级满分710分,及格要425分吧?”我瞬间感觉这个世界不会好了。威廉非常淡定地对我说:“生活有时也不能太认真,认真就输了。”我苦笑了起来,说:“好像不认真就能赢一样。”威廉说:“赢不赢不重要,有一段桃花运才重要。”

一眨眼功夫,只剩秋香独自坐在摇椅上,低着头看手机里的电视剧,享受着安静的时光。正在这时,浪里白条身穿休闲咖啡色小西装面试再次归来。他看到秋香后,直起了腰走路,仰起头,放大嗓门说:“这个公司给的钱太少了,不去!”秋香头都没抬一下,浪里白条觉得自己的魅力被鄙视,决定在秋香面前再走一遍。这次引起了秋香的注意,秋香好似见惯了这种场景。秋香斜了他一眼,用不屑的口吻发出了一声:“切!”浪里白条每天都出门面试,每次面试回来都说同一句话:“给的钱太少,不想去。”上班这事对他来说遥遥无期,不过并没看出他的着急,他正处在一个温水煮青蛙的状态。

浪里白条晃到酒吧,喊大厨斗地主,没想到两人臭味相投,一拍即合。正三缺一时,忽见门外一位花枝招展的姑娘,她对着浪里白条抛了个媚眼,浪里白条瞬间心花怒放,他拿在手里的扑克不知道怎么掉到了地上。梦梦的惊艳出现就是这次意外。

(梦梦,22 岁,大学刚毕业,一头乌黑的长发,标准的瓜子脸。现代音乐专业刚毕业,有些爱慕虚荣,又有些虚无缥缈。她常挂在嘴边的一句话就是:"你看,别人又在撩我。"这话说起来有些夸张,但真实情况确实如此。)梦梦今天刚从迪拜旅行回来,路过上海,就来了这里。她自认为长得貌美如花,其实还真不错。白色 T 恤衫搭配着黑色短裙。第一眼看上去书生气浓,到后来放飞自我。三人斗起了地主,大厨拿起牌通杀全场,"三飘一,不要,顺子,压死,四个二……"大厨完胜,没给别人留一丝机会,见识了大厨的杀伤力不同寻常。浪里白条无心打牌,手里一对王炸有机会管住大厨的四个二,只是他的心思完全在梦梦身上。这一局刚结束,浪里白条便迫不及待地问梦梦:"你住哪个房间?"梦梦奶声奶气,又带点撒娇的口气,说:"208,我要回房间了。"208 宿舍,是这里最好的宿舍,自然而然两朵桃花都在这里集结。

自从秋香和梦梦在 208 宿舍相聚之后,房间里是风雨交加。秋香看不惯梦梦的爱慕虚荣,梦梦看不惯秋香的爱恨分明。梦梦从起床就霸占镜子一直到下楼,说风就是雨。宿舍内的她们怼架精彩程度堪比后宫妃子之争,针锋相对。大多数的时候是冷战,表面看似风平浪静,内心却波涛汹涌。但是谁都不愿意退出 208 这个后宫。在房间里,秋香告诉梦梦:"你这么年轻漂亮,还爱打扮。从头到脚一身名牌,你适合留在上海。"秋香又多问了梦梦一句："对，你的英语，好不好？"梦梦看着她，只是淡淡地说了一句："我先下楼了。"

夜幕降临，酒吧的灯发出微弱的光，梦梦看见大厨站在台球桌边坚定地说："秋香好看，性感！"浪里白条一脸诧异地反击："是梦梦好看，漂亮！"大厨不假思索地说："她们都好看，各有各的味道。"无休止的争论，直到看见门外的秋香。此刻，大厨逃离现场，独自躲在阴暗的角落，时不时探出头来观看院子的情况。只剩浪里白条站在台球桌旁，好像刚刚什么也没发生一样。

看见梦梦在大厅灯光下映射出身体的完美曲线，浪里白条瞬间又心花怒放，兴奋得不知哪个脚朝前了。他小心翼翼偷瞄，出现在灯火通明的大厅。为了得到梦梦的联系方式，浪里白条不惜一切代价，梦梦要求浪里白条在朋友圈发一张她美美的照片，再给联系方式。浪里白条刚按完发送键，便迫不及待暗示梦梦："做我的女朋友。"梦梦可不食人间烟火，淡淡说了一句："你想什么呢？"浪里白条乖乖地走开了。

酒吧里一片昏暗，只有投影仪正播放着激动人心的英超比赛，整个酒吧门庭若市，切尔西对阵阿森纳的饕餮盛宴正在如火如荼地进行。一群年轻人依靠在沙发上，喝着扎啤，嗑着瓜子，又是一个不眠夜。每次足球在禁区附近都扣人心弦，激动时手舞足蹈，动情时热泪盈眶，只听到右前方的黑暗处梦梦发出尖叫刺耳的声音"射门！"球又偏了。这一声吼没把球吼进门，倒是把威廉给吼进了门。

威廉又是一条好汉，江山易改本性难移。刚看见梦梦，就惊叹了一句："wow，beautiful！"轻松搭讪梦梦，聊到尽兴处，提议去楼顶看夜景。上楼梯时，威廉不小心碰到梦梦纤细的腰，梦梦当场叫了出来。威廉逃之夭夭。梦梦匆忙到楼下，到处宣传遇到了流氓，详细地描述了身高长相穿着。本以为威廉会躲回房间自责，不料他换了一身衣服，不久便出现在大厅。不过，我敏锐地察觉到是威廉，询问他，他淡定地说："上楼梯不小心碰到她一下而已。"威廉换衣服这件事情已经不是第一次，今天从早到晚已经换得将近四套。因为这件事情，浪里白条彻底地迷恋上了威廉。

凌晨一点，浪里白条不知从哪里冒了出来，透过朦胧的玻璃窗观察到两个女孩在门外吃烧烤。他在门口绕了两圈，最后走到两个女孩面前，很自然地说出："可以一起喝吗？我也想喝。"女孩们笑了一下，说："好啊。那谁先醉了，谁就把酒钱付了。"后来，浪里白条不胜酒力瘫倒在地上，女孩们大摇大摆走回房间休息了。

今晚，穷困潦倒的浪里白条只能当个沙发客，对他来说这是一个难熬的夜晚。这些深夜，小胖倒背如流的一句话是："演员化妆候场，副导演组织布景，制片协调各部门，道具服装随时待命，摄影开机，录音开机，第五场第二镜，咔。"浪里白条听到这一切，会心地笑出了声。

三　相杀相爱

明媚的阳光透过窗户照射进餐厅，大厨走到正在吃早餐的小胖面前，问："梦梦早上退房没？"小胖憨憨地说："没有。"大厨开始帮梦梦留早餐，语音留言叫梦梦起来吃。晚起的梦梦在酒吧撞见大厨，得意地问："你早上帮我留早餐了？"大厨当着所有人的面一口否决："没留。"旁边的浪里白条贼眉鼠眼窃窃私语："虚荣能毁掉两个人的一生。"

梦梦露着两条修长白皙的腿，脚上夹着人字拖，"哒哒哒"地走来走去，这样的日子温柔又闪光。梦梦衣着时尚，样貌出众，和秋香平分秋色，行走在高颜值的边缘。浪里白条让威廉发信息喊梦梦过来，威廉说："发了，没回应。"浪里白条不相信，硬要看威廉发的信息。看到后，浪里白条大吃一惊，质问威廉："你发给的这是谁？头像不是这个。"两个人仔细比对半天聊天内容，梦梦用两个账号发同样的表情同样的信息。威廉发出感叹："如果不是今天亲眼看到，我都不敢相信这一切。"

浪里白条得知梦梦有两个帐号像是发现了宝藏一样，异常的激动。看到梦梦后，走上前问她，梦梦非常自信的解释道：

“加我的人太多，第二个号都快满了。”说着她展示给浪里白条看，说：“你看！刚又一个眼镜男加我。”据梦梦吐露，他准备出差英国，年薪50万，真假有待考量，反正这毫无疑问成了梦梦柳暗花明的一村，聊到最后两人不欢而散。梦梦在房间安静地待了整个上午。她自称：“以后不加陌生人了，我要好好学习，努力留在上海。”

中午时分，透过阳光玻璃房，看到梦梦在摇椅上坐着，手里还拿着一本《简爱》，书随着摇椅也有节奏的摆动。浪里白条中午帮她订了份外卖，这不科学。饭后，邀请梦梦去打台球。台球桌更像是浪里白条的谈判桌，很多事情都是边打台球边谈判完成的。

大厨上班之余，站在厨房后门观望局势，时不时在台球桌边走一趟又一趟。这种地毯式搜寻捡到了一个机会。由于浪里白条故意做了一杆斯诺克，梦梦瞄了半天都没办法出手。大厨见到此情此景，这激起了大厨英雄救美的好胜欲。走到梦梦身边，说：“我帮你打！”没想到威廉站在台球桌旁边用了高难度的加塞技术，漂亮的一杆进球，梦梦心花怒放，跟大厨击掌又碰杯。

“你打球的姿势不对，身体曲线美出来，一会儿跟我去楼顶锻炼一下身体。”大厨对梦梦提议道。楼顶最高碉堡式的一块空中平坦腹地，已成大厨的健身房。他的所有健身设备都在楼顶，有哑铃，弹力带等。没人的时候，也没见他上去过。浪里白条眼睁睁地看着梦梦被带走一度气得半死。浪里白条也跑去楼顶，正好撞见大厨正不停地展示自己的胸肌和肱二头肌，让梦梦触摸这雄性荷尔蒙散发出的力量。三个人互相对视时，楼顶的气氛尴尬到极点，浪里白条破坏了大厨的完美计划，大厨气得要死。在这种破坏和被破坏中，都是败者。这时，大厅里突然传来了琴声“高处不胜寒，起舞弄清影，何似在人间”，瞬间这里有了文艺的气息。楼上的三个人都呆住片刻，便下了楼。

顺着高分贝找到了声源，是苔原吉他发出的声音。他在门口握着吉他，弹唱着这首歌《何似在人间》，生活总是这样，带着失望，又充满着希望。苔原，车模，身高 186 cm，风流倜傥玉树临风。他身穿深蓝色帅气牛仔裤和白色 T 恤衫，在准备一个广告面试，需要吉他弹唱展示才艺。苔原看到我在为他鼓掌，他杨了杨手中的琴问我：“会弹吗?”我微笑着点了点头。几首歌的时间，我俩因音乐变得熟悉。苔原集帅气才华于一身，自信光芒辐射力强，刚来就受到青睐。我提议：“去玻璃房弹，声音的共振效果好。”琴声刚起，众多姑娘围了过来，绕在苔原身边。梦梦完全沦陷在苔原高颜值里，一脸花痴。浪里白条也莫名地出现在这里，开始接受音乐的熏陶。苔原偶尔把琴递给我，我也吼两嗓，这是一个美好的下午。

苔原的帅气让想用颜值征服这里的人黯然失色，尤其是威廉。威廉远远地观望这场景，不敢靠近。后来威廉回房间换了件帅气的衣服出来，焕然一新，一副大框黑色眼镜，灰色大裤衩，黄色牛皮鞋，一袭黑色风衣。刚稍微靠近点，看一眼苔原后，故作淡然地走开。威廉今天受到了一个暴击，他前几天刚认识的好几个女孩，今天发现自己都被对方删了，通讯录空空如也。

威廉在附近到处晃悠，见人就介绍自己的华丽背景。他的故事台词："你好，我曾在西雅图留学，毕业后在阿联酋国际航空公司担任 HR，最近在研究奢侈品……"经常能聆听到他的故事台词，从开始的惊喜，到后来的惊吓，再到后来的麻木。他对各行各业略知一二，跟任何人都能聊，聊天常会不自觉地往高端走。他到哪里，那里都是懵逼一片。最后，威廉跟不远处衣着朴素的大叔聊了起来，威廉聊起不擅长的话题，他巧妙地拉回自己熟悉的领域，不停地转换。大叔多数时间都在看手机，根本没听他说话。

当大家唱起"阵阵晚风吹动着松涛，吹响这风铃声如天籁，站在这城市的寂静处让一切喧嚣走远……"这位衣着朴素的大叔，款款走来，坐在高脚凳上，慢悠悠地说："这首歌听起来很温暖。这些年听过很多歌，这是我听过唱得最好的。"他掏出手机，翻出照片，分享了他的很多故事。当大叔把梅里雪山拍的日出这张照片高高举起，图片透过分辨率不高的手机屏幕，依然深深地震撼了我。大叔说："前一天晚上就开始上山，凌晨四点，手都冻麻木了。虽然一根手指冻伤了，但是拍摄到这张日出图片的时候，感觉一切都是值得的。这世间有很多种美！残缺也是一种。苦难会让生命变得有质量。”

夜幕降临，院子里的灯又亮了起来。秋香和梦梦听完最后一首歌：“来日纵是千千晚星，亮过今晚月亮，都不起这宵美丽……”两人窃窃私语地走了出去。秋香也不知道哪根筋搭错了，喜欢怼人不说，带着梦梦去酒吧到处找男友。最后无果，秋香喊来自己喜欢的男生苔原过来聊天。这一聊不要紧，间接促成了自己暗恋男生和梦梦的异域情缘。秋香内心受挫，失落的秋香一个人在河边待了很久。

后来，从河边回来的秋香看到摇椅上睡着中年妇女，正忍受着蚊虫叮咬。秋香把她喊醒，得知她没钱住店，秋香帮她付床位钱。秋香喜欢帮助别人是身体的本能，就像怼人的背后隐藏着一颗善良的内心一样。

四　情不自禁

天微微亮，我起床了。下楼时，看到梦梦和苔原坐在摇椅上。从面相来看，梦梦起床还没来得及精心雕琢面容，粉底打得不均匀，脸部看起来不自然。苔原坐在摇椅上弹唱最后一首歌《再见》，时光匆匆又匆匆。他装好琴准备离开时，叮嘱我：“有空来青岛，请你吃海鲜，喝原浆啤酒，看蓝色海岸线。”我点了点头。他走时，给了我一个有力的握手。梦梦傻傻地望着苔原离去的背影，陷入感伤。

失落的梦梦走回阳光玻璃房，浪里白条正坐在沙发上无所事事。他看见梦梦后，默默地腾出位置，想让梦梦一起坐。梦梦不屑一顾，华丽地转身，浪里白条尴尬地站起来换了一个沙发。后来浪里白条躺在沙发上睡着了，微微的鼾声引起其他人的注意，大厨把浪里白条的手机调成震动模式放在他的裤裆上，拨打他的手机，强烈震动的手机在浪里白条身体上蹿下跳，一群人憋不住笑出了声。被震醒的浪里白条坐了起来，斜视一圈，没有发现任何异常，倒是发现了一位美丽的姑娘。

法国姑娘的闪现，可谓是一道靓丽的风景。法国姑娘身材高挑，面相有些岁月的痕迹，黝黑的肤色。她点了一杯鸡尾酒。我做好一杯莫吉托给她端了过去。浪里白条站在门外看到此情此景，走进酒吧，拿起球杆打了两杆台球。最近浪里白条见惯了威廉流利的英语搭讪，他便开始跟着威廉学英语单词，威廉走到那里，他随后就到那里。一开始还胆小，别人聊天，他会围过去插上两句，偶尔遇上老外也“yeah. yeah”地说两个单词。这事对威廉产生了困扰，前脚威廉和女孩刚说上话，后脚浪里白条就浮出水面，出现在现场。

浪里白条打球时不停地偷瞄着法国姑娘，后来一颗球正好落在法国姑娘旁边，浪里白条拾球时，说："do . . . do it. "邀请她一起打。由于语言不通，一直停留在打球的层面。好在威廉精通英语，从酒吧门口路过时，被浪里白条激动地喊来当翻译。开始了互动，他很快就和法国姑娘聊得不可开交。后来威廉要出门吃饭，他们的聊天再一次中断。

后来，浪里白条下载了一个翻译软件。他通过软件翻译竟然把法国姑娘带到了外滩欣赏风景。归来已是傍晚，彼此就分道扬镳了。夜已深，浪里白条按耐不住内心的空虚，主动发信息给法国姑娘："we are a big room, ok?"在他散弹法的狂轰乱炸下，浪里白条即将迎来春天。浪里白条兴奋地在法国姑娘的房间门口转来转去……

楼下威廉坐在门口的凳子上，坐立不安，他正压抑着内心的愤怒。由于他得知浪里白条跟法国妹事件，他觉得自己被浪里白条利用。本来威廉帮浪里白条是一片好心，谁知浪里白条图谋不轨。威廉嘴里嘟囔着："浪里白条一夜未归，归来已不再是少年。"浪里白条刚下楼，威廉气势汹汹地径直走了上去，指着浪里白条说："你小子，敢利用我！"浪里白条无力辩解，自己好像什么都没有得到，还臭名远扬。他低着头，只想找个地缝钻进去。

威廉怼累了，来到酒吧，我正坐在吧台沉思，没客人的时候，我时常发呆。威廉翻了翻菜单，说："来份爆炒牛肉意大利面。"

他边吃边坐在高脚凳上,似诉着心中的苦闷。

“你在这里工作很久了吗?”

“只是义工,刚来不久。”

“这个面味道很赞! 你怎么做的?”

“意面放盐煮一刻钟,捞出放入锅中加上青椒和牛肉粒爆炒,然后撒上胡椒粉。”

“你学过做西餐吗?”

“没有,来到这边刚学习的。”我不太善言辞,他好奇的很多问题,我只是一笑而过。大厨站在不远处看到威廉吃的一粒不剩,猜到我西餐做的还不错,大厨感觉到自己地位受到威胁。大厨走了过来,目光中掠过一丝诡异,说:“帮我炒一份牛肉意大利面,牛肉七点五分熟。”我说:“先把钱付了。”

我脑海里瞬间浮现出大厨和前段时间招来的一名厨师的三轮战争。大厨看新来的厨师工作比较得心应手,开始动歪脑筋,以稳固自己的地位。很快就进入了厨师之争。第一轮,新来的厨师,是主管招来的。英俊潇洒,刚来到店里就受到青睐,得到不少表现机会,饭做的味道也可以。在第一轮的较量中,新来的厨师直接和主管对话,绕开大厨,大厨地位受到威胁,败下阵来。

第二轮,大厨开始动歪脑筋,使用计谋,大厨三十六计中,用到了雕虫小技。把做饭的锅碗瓢盆给弄坏,给新来的厨师制造难题出丑。新来的厨师进退两难,大厨安排眼线去告状他做饭

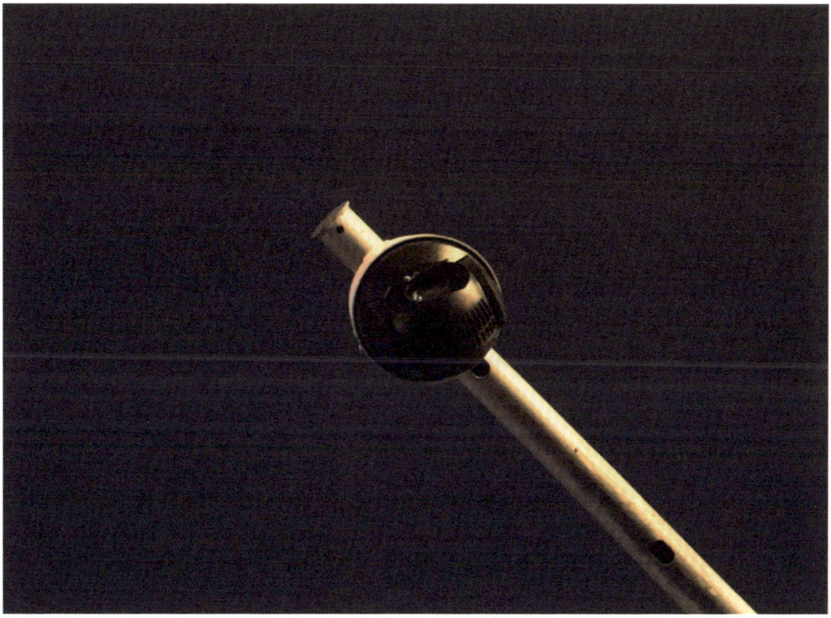

我想象着

剧幕中的自己

这是我

感觉自己最孤独的一次

这群飘落在城市角落失意的人

在这里相遇

带着各自的无奈和绝望

做着一些看似荒诞的事

汇聚成笑声和悲伤

在竹林中消散

每天夜晚调一杯鸡尾酒

坐在楼顶

凝视着城市的夜色

微醺的情绪伴随着朦胧的灯光

让人有些恍惚

岁月好像静止了一样

生命是一段路程

留下的是沧海桑田的拥有

生命美好而珍贵

脆弱而又坚强

活着就要像夏花般绚烂

仿佛看到这里曾有的
灯光华灿夜夜笙歌的热闹景象
又似乎听见随着城市发展
终归没落的哭泣
被遗弃在
这简陋的角落

在这段岁月里

看到了世间百态沧海桑田

生命的百转千回和岁月的柳暗花明

很多时候

生活一点办法都没有的时候

一切都悄悄的来了

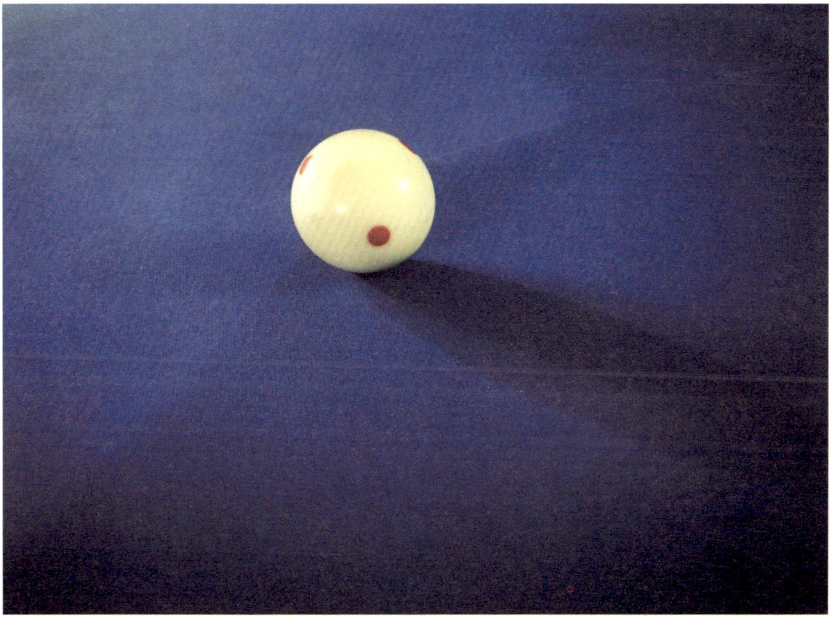

当我的名字留到最后的时候

所有人都过来举杯相庆

只是没有人知道

在打进黑八的一瞬间

我决定离开这里

这是我留给这里的一个转身

我突然明白

人生就是一条孤独的路

现在的我依然走在孤独的路上

只是我心中

从此再也没了孤独

不好吃，前后夹击，新来的厨师这轮输得惨烈。

第三轮，大厨归来，对他进行语言碾压威胁。因为同住一个房间，大厨晚上故意找茬，展示肌肉进行震慑。新来的厨师吃不好睡不好，身心疲惫，半夜选择出走，黯然离场，大厨完胜。这个事件在我脑海里不停地浮现。我避开无聊的大厨，坐在高脚凳上放起了枪炮与玫瑰翻唱保罗·麦卡特尼的《live and let die》。我透过玻璃窗看到大厨在厨房里走来走去，独孤求败。

天空突降大雨，雨滴用力地拍打着玻璃房顶，沙沙作响。酒吧的摇滚乐穿透雨夜，秋香从二楼晃晃悠悠走下来，走进了酒吧，要了一杯干邑白兰地，听着雨声夹杂着摇滚呐喊声，一语不发，凝视着雨夜。酒吧空气中弥漫着淡淡的酒精味，秋香目光呆滞自言自语："人生不如意十有八九。"我接着说："多出去走走。"她看了我一眼，说："我每年都要走几个地方。有时简单的走走，有时挣了些钱，出去走一段时间。一切都会好起来的。"微风轻拂她的发丝，灯散发的迷幻柔和的光浮在秋香脸上。那一刻她像失足的少女，又像迷失路里的小女孩。秋香掏出手机展示一张图片，说："记得那年海啸不？海啸来的时候，海水迅速涌入街道，流速极快形成漩涡，不断传来人们呼救的声音。水面翻卷出大浪，一些人紧紧抓住树枝求生，我当时正和朋友在客厅，一瞬间洪水来袭将我淹没，好在我们所处的位置较高，并且朋友拉了我一把，才得以活到现在。湍急的水流冲走了身边的一些人，其中有人想伸出手来抓住被冲走的人，也被洪水无情地卷走了。但是海边的这棵老树经历了海啸，依然不倒。”她说话时神情中透露着无奈和惋惜，最后她感叹道：“生命珍贵而又脆弱，记得认真过好每一天。”这是一个女子行走世界的阅历。她说完，我沉默了。

夜色浓郁，秋香依靠着沙发透过玻璃窗凝望着雨夜，这雨夜似乎将昨天淘洗出来。后来，小胖缓缓走了过来告诉她：“有陌生来电询问你近况。”秋香一脸不屑地问：“都问啥？”小胖想了想，说：“好像是昨晚回来没？有没有和其他人在一起？这类的问题。”秋香淡然地说了一句：“不用理他们。”这生活丰富到怀疑人生。又是一个用情过度的小男生，沉陷爱情不能自拔。秋香有一个原则，从来不在这里找男友。她说：“这里的人层次低，不真实。”只记得秋香在与别人的聊天中不小心透露了自己的职业，当时被问：“你在夜店工作？”秋香没有肯定，也没有否定。秋香总是半夜出没，有时一夜未归。奇怪，秋香今天回来得很早，很是稀有。

半夜我起床去洗手间，又转到前台，好奇心促使我多问了小胖两句关于秋香的事。小胖说：“她在这里做了两件让我刮目相看的事。第一件事情是喂流浪猫流浪狗。第二件是帮助睡在外面摇椅上年长的女性付过一次床位的钱，帮别人度过难熬的长夜。永远不能通过表面判断人的内心，要透过现象看本质。”秋香怼人的背后隐藏了一颗善良的内心。其实她渴望一份真感情,她经常挂在嘴边的一句话:“生活不易,且行且珍惜。”

五　流水有情

太阳照常升起,大家有序地吃着早餐,威廉和秋香也在吃饭的人群中。秋香依旧穿着那件黑色睡衣来吃早餐的,大厨低着头,自言自语:“要是能和秋香谈一场恋爱就好了!”吧台没客人时,我站在门口晒太阳,小胖在大厅里对我喊:“一会儿下盘围棋。”我抽完一根烟,走回了酒吧。

大厅里,小胖刚下班,就迈着稳健的步伐来到吧台,说:“可以切磋一下围棋吗?”我放下酒杯,说:“可以,可以。”小胖整理着棋子,头都不抬地,说:“喜欢围棋,是因围棋有很多可能性,需要大局观,考验人生的舍与得。”围棋规则是小胖教我的,开始只会生抢,经过几盘乱战苦思冥想,摸清围棋基本法则,金角银边草肚皮,大飞小飞。慢慢地学会了围棋的布局,围棋技术在短时间里只能够简单地抗衡,趁他不注意时,杀出一片城墙。我刚布局还蛮轻松,黑子和白子交替着围城。正在我下棋自信满满时,小胖的一个妙手回春。我被杀得根本找不到回家的路,只能守住自己的一小块田地,大片的翠绿都被小胖笑着占有。后来才知道小胖是围棋四段选手，震惊四座，那刻才发现围棋博大精深。我用了一句："我去上个厕所。"离开了这不堪入目的残局。

我刚从洗手间回来，小胖便拎着另一种棋盘走了过来。鉴于围棋给自己造成的伤害还未愈合，他跟我下起了象棋。小胖说："象棋考验的是配合，车马炮各尽其能。真正的团队配合，就像人在一起是聚会，心在一起才是团队。"我看着小胖，不知他从哪里知道这么多道理。小胖没想到象棋是我的强项，曾经训练过盲棋，象棋让小胖的自信崩塌。有时，我会放下手中的棋子，思考着："也许人生本没有输赢。只是在某一方面擅长而已。"

精致打扮一番的秋香突然趴在了吧台，摇头晃脑地对我说："来一杯玛格丽特。"她随意性格中带着轻浮。秋香突然说："听说来这的人都具有故事的，要么伤了身，要么醉了心。想必你也有伤吧！"我说："伤到心了。"她笑着说："这伤不好治。"我露出淡淡的苦笑。她也笑了笑。

秋香喝完最后一口玛格丽特，说："下次少放点冰块，心都被冰凉了。"我顿了顿，说："那给你调杯 forever young！"秋香看了我一眼，接着说："每一款鸡尾酒都有它特殊的故事在里面，你的这款酒应该也有个故事吧？"说到背后的故事，那天酒吧电视里正播放着一个访谈节目，话语间听到一个明星在美国放松的日子喝的一款鸡尾酒。主持人问嘉宾:“你怎么度过的那段艰难日子?”嘉宾轻描淡写地说:“在纽约曼哈顿,每天下午喝一杯鸡尾酒,坐在窗边凝视着整座城,岁月像是静止了。”幸运的是刚来就找到了属于自己的那款鸡尾酒,从基酒开始调味调色调比例,调出了青春的感觉,我给它取名为 forever young。她离开酒吧时,说了一句:“运动是治愈心伤的良药。”我点头微笑。

秋香走后,我拿起弹力带。先是训练大腿肌肉群,高抬腿四组,每组 30 个。再是静蹲训练股四头肌五组,每组 10 分钟。扶着墙踮起脚跟强化小腿肌肉 4 组,每组 100 下。这套组合练完需要一个半小时,汗流浃背,感觉重生了一次。我练完,发现憨厚的前台小胖一直站在不远处观察我,他注意到我在看他时,他用低沉的嗓音:“这套动作也忒标准了,你以前是练舞的吗?”我便笑着模仿他的口音回应:“你猜!”他叹了一口,说:“以前我很瘦……后来受伤了,就再也没了后来。”我看了看他微胖的身形,却不知用什么方式鼓励他。

就在这时,一位貌如桃花般的女子深情款款地走来,她身着桃红色的连衣裙,美丽至极。第一天到来,成功吸引一批迷弟,小胖就是其中之一。小胖激动地说:“办入住在这边。”陪护桃花般女子熟悉这里的环境。小胖边走边说:“这是餐厅,早上吃早餐的地方。那是阳光玻璃房,晚上打打球,喝杯鸡尾酒舒缓一下疲惫,也躺在沙发上可以畅聊人生。那边是个洗衣房……”桃花般好感叹了一句："环境真好！"介绍完之后，小胖回去补觉了。

大家都急迫想靠近这种美好。威廉大多数时间都坐在前台看电视。他自称是个股票投资者，没有正当工作，整天待在这里，偶尔拿出笔记本电脑操作几下，说赚到几百，有时又丢几千。看到桃花般的女子，他立即站了起来，走向前。第一趟没找到话题，又多走了几趟。来回好几趟都没插上话，索性走到楼梯口站着。姑娘拉着笨重的行李刚要上楼，他说："箱子重不？我帮你吧！"提着行李几个大步冲上云霄，既展现了男人的魅力，又搭了个讪，两全其美。我远远地观望着他感情的迷局。我早上起床路过威廉的房间，无意间看到他的房间是精心布置过的，红色蜡烛，散落的花瓣，有种入洞房的错觉。

浪里白条坐在二楼总揽全局，桃花般的女子刚跨进酒吧，他手举起没有声音的电话，自言自语地装作聊天的样子，大声地说："今天很忙，有个几百万的项目……"举着手机走进了酒吧，急忙地追赶她。大厨从外面买菜回来，正好撞见，浪里白条畏畏缩缩地没有找到说话的机会。最后以打台球为名，终于和桃花般的女子认识了。

大厨看到两人开心的打台球这一幕，眼里充满嫉妒，开始跟浪里白条进行明争暗斗。大厨使用的是声东击西。他走到女子面前悄悄地说："浪里白条是坏人，不要理他。"接下来大厨对桃花般女子的好，像武大郎对潘金莲那种。后来大厨边做饭边聊天，等饭做好，已聊得炉火纯青。大厨的这顿午餐也做得特别好吃，回味无穷。大厨在大厅广众之下竟然握了一下桃花般女子的手。她眼神犀利看着大厨，说："有意思吗？"握手这场景正好让威廉和浪里白条看到，内心受到一万点伤害。

这个被三剑客轮番搭讪，先是被中英参半的威廉明枪，后被浪里白条的丹凤眼吓到，最后被大厨暗箭伤到。桃花般女子却表现得很淡定，最后只说了一句："你们还太年轻，身上发生的全是事故，我喜欢有故事的人。"

后来，桃花般女子来到吧台点了一杯摩卡，安静地坐了下来。她叫苏糖，曾是芭蕾舞者，十年前跳芭蕾舞膝盖髌骨被击碎，半月板换的人工的，髌骨修复过。她给我分享她的这段故事，一次演出，一个漂亮的跪地动作，木板冒出来的钉击穿了膝盖，粉碎性骨折，治疗一年，康复一年。因她坚持一年的康复，现在活蹦乱跳地对我说："康复是很重要的一步！"说着她还不忘展示踢腿动作。她说："你看现在我好好的。最重要的是心理康复。我康复那一年，也很无助和孤独，摔过杯子，扔过书。夜深人静时会抱头痛哭。人都会有迷茫的时期，但是所有的困难都是暂时的，都会有解决方法。"那次比赛的意外对她一生影响很大，她总是安慰自己："天降大任于斯人也，必先苦其心志，劳其筋骨，饿其体肤……"这种精神鼓励让我茅塞顿开。或许是因为相似的经历，她对我格外照顾。

后来，她正在房间给我做心理康复指导。小胖利用职务之便，总房卡直接刷门。打开门一瞬间，尴尬能写好几页纸，令他失望了，我们一直在认真地做康复训练。听苏糖说："来上海来参加当代艺术展，还有半个月就要回重庆了。"听到这些，我有些伤感。苏糖告诉我最多的一句话："多接触艺术，艺术能让人灵魂升华。有空也要多出去走走。"

夜晚来临，苏糖拿着罗曼·罗兰《约翰·克利斯朵夫》，找个僻静的地方阅读。有时窝在沙发里，有时坐在三楼的屋顶，有时是在二楼的躺椅上，安安静静地阅读寻找着生命的意义。大多数时间，还是在吧台静静地发呆，虚度着恬淡时光。这段时间下班后，我会换身运动衣沿着河边夜跑。累瘫后，躺在河边的草地上仰望夜空，放下所有的欲望和杂念，享受着夜空中轻浮的月光，自由地呼吸。

六　波涛汹涌

多云并伴有雷声。梦梦不化妆不出门，雷打不动。吃过早餐看到妆容精致的桃花般女子苏糖，梦梦又回房间补了个妆。两个小时后下楼，撞见苏糖依旧黯然失色。梦梦避开苏糖，选择待在阳光玻璃房。不巧的是梦梦在阳光玻璃房遇到一位和她穿着打扮长相类似的女子。梦梦对这种撞衫表示很生气,坐在一堆熟悉的人当中,大声地呼喊:“秋香,过来聊天。”秋香用她那不标准的普通话说了句“等一下”,梦梦听成了“打一架”,当时吓得一愣一愣的,脸都绿了。

秋香最近很少怼人了,大家一直相处融洽。不久后,秋香身着白色修身西装迈着优雅的步伐来到吧台,低调地说:“来杯意式浓缩。”我便笑着回应:“好嘞!”冲泡出来不加任何其他成分,味道苦不堪言,喜欢的人爱不释手,不喜欢的人避而远之,她享受其中。秋香在酒吧坐了很久。秋香喝完最后一口咖啡,站了起来,说:“明天我真的要离开了,再也不会回来。”她看样子一直不想离开这里,拖延一天又一天,最后不得不离开。其实她来不是为了展示完美的身材,而是想找个外国人练习英语,可惜她不食人间烟火的高傲毁了她的一世。秋香回头说:“大家一起聚个餐吧。”

庆祝这人间四月天,秋香点上一大盆小龙虾盛宴,外加一份螺丝,这是少有的聚餐。梦梦“姐,姐”地喊着秋香。两个人兴趣相投,对猫的爱心泛滥。加上小胖憨厚友善,大家经常待在一起,从梦梦的笑声开始,总戴着一张甜美的笑脸,夹杂着爽朗的笑声,天真无邪大概描述的就是她吧。带着秋香的散漫自由,进到精彩绝伦的逗逼现场,把自由发挥到极致。秋香时不时逮住机会，惊艳四座的怼人场景，无处不见的笑点，忘记生活的烦恼。初出茅庐震惊四座，一时激起千层浪。大家围坐着边吃边聊："人生若只如初见，何事秋风悲画扇。"

我忍不住感叹："刚来时，被这里的一切惊呆。这么繁华的地段隐藏个世外桃源！"在这里遇到了很多人，大多数人都是匆匆而过。只要在某一瞬间能回忆起来的，应该算是一场邂逅吧。这里俊男靓女多，彼此熟悉之后，段子满天飞，时不时引爆现场，只听远处的小胖喊道："现场安静！"瞬间又鸦雀无声。空气中充斥着激情和荷尔蒙的分泌，就这样有趣地打发着时间，看着一张张俊俏的面孔让人忘记生活的烦恼。秋香眯着眼睛，凑到我耳边，说："这里的女孩大多都是单身，又感性，很容易擦出爱情的火花，你要抓住机会。"我瞟了秋香一眼，腼腆地笑着说："哪敢奢望啊，今晚热情似火，明天便是形同陌路，继续各奔东西，这是现状。"

夜幕降临，玻璃房灯火通明。秋香起身准备回房间收拾东西时，说了一句："我先走一步，留给年轻人更多发挥的空间。"我跟她轻轻挥手告别，昔日吃早餐的场景，一幕幕地在脑海闪现。记得秋香唯一的习惯是早起吃早餐，每天早晨准时出现在餐厅，耳朵里插着耳机。一身黑色连衣裙，一副好难接近的样子。记得秋香曾聊起过社会的价值观这样深刻的话题，先天下之忧而忧。这件事让我对她刮目相看。

喝得微醺的秋香刚走出几步，正准备上楼。德国帅哥看到秋香后，问："Are you ok?"秋香走了过去，用不标准的口音回了一句："ok!"威廉、浪里白条和几个外国人用英语正聊得热火朝天。秋香烈焰红唇，身上的香水味四处弥漫，浪里白条被迷得神魂颠倒，垂涎欲滴，强忍着让自己多坐了会儿。后来德国帅哥和秋香躺在沙发上谈情说爱，时而伴有嬉笑打闹。深夜，两人手牵手走上了二楼。不一会儿，二楼一间大床房的灯突然亮了起来，窗帘被拉了起来。

突然，二楼传来一阵暧昧的声响，坐在楼下的人听到此声，都尴尬地笑了。小胖坏坏地看向我，我低下头笑了。这时，小胖对着窗户大声地喊了句："关上窗户，外面还有孩子，注意影响。"楼上瞬间鸦雀无声，此时无声胜有声。在荷尔蒙刺激下，浪里白条躺在沙发上燥热无比，翻来覆去，后来跑到河边冷却他那沸腾的心。从此，浪里白条内心深处留下一道伤疤，是别人的春心荡漾。

浪里白条从河边回来后，收拾行囊准备离开。临走时，不忘给我再上一课，指着拿在手中的合同说："几个亿！这才是生活的真谛。"随手递给我一袋新疆和田枣，他淡淡地说："一失足成千古恨，再回首已百年深。"记得他刚来时，一腔热情，很感染人。那天，我坐在室外看书，他过来和我聊天，我们聊了许多关于他家乡的事。他找了份工作就离开了，不久便回来了。他说饭店被查，需要整顿。后来我才知道整顿的不是饭店，而是他。他在上海晃荡已半年有余，工作没有任何进展。经常到处炫耀“今天见到哪个明星了”“明天又哪个奢侈品牌店是我朋友开的”等这样听上去高端的故事。浪里白条已经褪去了真诚，最终黯然离去，但愿他浪子回头。

威廉也同样看到这个场景，情绪莫名地低落，陷入感伤。他走向楼顶，坐在天台上，思考着人生的意义。不久，看到他发的一张夜空照片，下面配着一段文字：“人生有三件事是无法挽留的，时间、生命和爱。”或许他对秋香是真的用情了，渐渐恢复了耐心和爱的能力，是一件可喜可贺的事情。威廉准备走很长的路，去找寻属于他的那个公主。威廉一夜未眠，这件事在他心中留下了巨大的阴影。

七　浪子回头

清晨，雨过天晴，室外阳光明媚。秋香没有再来吃早餐，大厨在餐厅转了好几圈，说：“秋香怎么没来？不知道秋香心里到底有没有我？”威廉听到后，蔑视了大厨，说：“醒醒吧！不要做梦了。”大厨想跟威廉杠起来。威廉远远地望着大厨，没去搭理他，也许他已经懂得了人走茶凉的结局。只是对着大厨说：“以后认真准备早餐，你没希望了。”

这个阳光明媚的上午，大家都穿着沙滩裤躺在院子沙发上晒太阳。最近沐浴在日光下，我从乳白色变成小麦色，由于我从未被这样暴晒过，这种小麦色暂时留在了我的脸上。威廉吃过早饭悄悄地走过来，坐到我旁边，说：“哎呦，这是谁啊，这么帅气。”聊天时，威廉叹了一口气，说：“其实我有一手好牌，但被我打得稀巴烂。”威廉不小心把手放在我腿上一下，他脸部微红，两腿立即夹紧合拢，他的那带有川味卡顿色彩的台词“Hey man，just do it！”在耳边回荡。我并没有惊慌失措，而是开怀大笑。反摸了威廉一把，说：“几个意思？”反而威廉开始惊慌失措，灰溜溜地逃离现场，到了大厅。威廉的过往是个谜，管谁都称大爷，顺便还摸一把。我以为他只是搞笑的，后来发现他搞笑是很认真的。天气燥热，阳光刺得我睁不开眼睛，我也走进了大厅。

空调的冷风依然降不下天气的燥热，丝毫没有凉意。大厅里夹杂着汗味和青春的味道，威廉小心翼翼地回头看一圈，窃窃私语：“暑假刚到来，这里都年轻人，他们胆怯又羞涩，阳光又不失温柔。”梦梦出现在摇椅上，插着耳机看电视剧。威廉在一旁打趣道不知哪个男生，会对梦梦用情过度，沉陷美色不能自拔。最后，他吟了一句诗：“花有重开日，人无再少年。”

突然一个声音打破了这里的寂静：“我是老铁，一个人开车来的，来看……”他汗流浃背，一身名牌。从面相来看 25 岁的样子，却有着 35 岁的心态。小腿上有纹身，作为一个大老爷们却拥有江南女人的婉约内秀气质。咋一看这不是浪里白条吗？仔细一看就是他。威廉走了过去，问：“OMG，发生了什么？”浪里白条从此改头换面，把称呼也唤了。他说：“以后请叫我老铁。”老铁的语言诙谐幽默可谓一般。入住后，又掏出土豪金手机放大嗓门打了个电话：“老……老板，来个小……小妹，帮……帮我修……个脚”。嗓门音量跟喊口号一样，说话卡顿是他的一大特色。一群人转头看向他。这音量影响到其他客人，小胖脱口而出：“小声一点！”老铁眼神向上四十五度翻了一个白眼，压低音量斜视小胖，小胖吓得整颗心怦怦地跳，像是金蝉要脱壳。

后来，老铁戴着金丝框眼镜，夹根香烟站在门口。老铁自称是大堂的行李员，凡是有行李需要帮忙搬运，或是弱不经风的女子需要保护，老铁都被叫过去帮忙，他相当热情。老铁趁机还能聊上几句，顺便展现一下最近因暴富而坐等收钱的快感。老铁嘴里经常捣鼓着一句话：“生活的理想就是理想的生活。”老铁的外表看起来温顺，赢得不少女孩子的喜爱。

老铁抽完烟，看到坐在了摇椅上的梦梦，插着耳机看电视剧。他走到摇椅旁，说：“可以一起坐吗？”梦梦点了点头。摇到尽兴处，老铁问：“摇……摇着舒……舒服吗？”梦梦听着老铁的卡顿笑了，说：“舒服。”老铁接着说：“这……这是共……共享摇椅,一个小……小……时100块。”梦梦笑得春光乍泄。老铁刚搭上话不久,威廉便浮出水面,出现在现场。威廉说:“向那边移动一下,可以坐三个人。”老铁刚想张嘴说话,但是语速明显更卡顿了,半天只憋出一个“走”字,“开”字被憋了回去。威廉以迅雷不及掩耳之势坐了下来。威廉在这种复杂的三角关系中,精准地找到了自己的位置。

被夹在中间的梦梦从摇椅上站了起来,走回大厅。威廉觉得无趣,尴尬地笑了,笑得极其生硬。老铁也站了起来叼着烟迈着吊儿郎当的步伐,脖子不停地左右大幅度地晃动,走去阳光玻璃房,威廉紧跟在后方一米处。从后面看他们像极了古惑仔。他们正在找网络信号较好的地方,准备打游戏。只听手机里发出逼真的音效“follow me, go go”,还有子弹从枪膛弹射出的声响。老铁在屏幕里的躲闪,都是用现实中的身体引带的,头每次都移到威廉屏幕上,好像真能躲过子弹一样。每次都被威廉追着爆头,把我笑哭。伴随着“趴下,躲躲躲!”老铁带着黑眼圈寻找着可以躲避的角落。

夜幕低垂,院子里凉风徐来,一群人围坐在长桌上吃着烧烤喝着冰啤儿,其中威廉说道:“聊不完的梦想,走不完的路。”我在二楼的沙发隐约听到威廉讲述暴富事件。他扬起酒杯,闷了一整杯酒,说:“三年前开公司,挣了一桶金,过着灯红酒绿的生活。后来被互联网冲击,公司没了。”酒到醉,情到浓,他点上根烟瞭望。醉了酒的威廉说:“青春是一段路程,留下的是沧海桑田的拥有。”我看着他的侧脸,五味杂陈。

我走出酒吧问威廉做的什么方向创业,他说:“几年前,遇到一个前辈说香水市场还不错,我就琢磨着设计了一款高档香水。自己调香调色,亲自设计海报,logo,关于瓶子的设计和制作,还跑好几趟义乌找专业的厂商做抛光。你不知道,香水这玩意儿还有些门道,除了对香水本身要求高之外,对瓶子和包装要求也很高,一经宣传还获得不小的反响。”“一个男人究竟要走多少的路,才能成为一个真正的男人,也许只差一瓶香水。”他故作深沉地念完了自己设计的广告词,我忍不住地笑了起来,问:“这个男人是不是你?”他不语,邪魅地撇了撇嘴角,继续对香水进行描述:“原产地比利时,引入国内后重新调配出符合东方男人的尊贵,更注重香水后调的清新自然。海洋淡香性香水,犹如体香,满是青春的味道。”他说这些广告词的时候,我用力地闻了闻整个房间的味道,都是他身上散发出的。这种味道似乎有点熟悉,跟秋香身上散发出来的香水后调一样。

刚闻到这熟悉的味道,就看到一位女子一身白色连衣裙,亭亭玉立。她正站在不远处的大箱子面前看向我,微微一笑,说:“别看了,快过来帮我个忙!”一脸茫然,心中带着疑问:“她是谁?像是跟我很熟的样子。”但我没想太多,爽快地答应了。后来我走去前台问小胖,知道她是梦梦的时候,我捂着脸哭笑不得，这化妆和不化妆差别也太大了。我有了经常挂在嘴角的一句话："谢谢梦梦打开了我看世界的另一个视角。"小胖戏称："这就是理想和现实的差距。"

八 如歌蜕变

今天我休息，醒来已是下午。天空细雨连绵，有点凉。老铁最近凌晨两点睡觉，下午两点起床，基本没有看见他出门。他跟大爷一样，无所事事，大厅闲坐刷着电视剧。看见梦梦少女系列装扮出现在门口，老铁的心情瞬间好了很多。这应该是最适合梦梦的装扮，纯真如初。这段时间梦梦被无数人表白。梦梦、老铁和威廉一直相处得比较融洽，组成铁三角。按结构来说，等边三角形，两两首尾相连，异常稳定和平等。按元素来说，由于是铁，坚硬程度可谓一般，唯一害怕的是腐蚀。最近梦梦对老铁有点用心，从行动上来看是认真的。

老铁陪梦梦在院子里闲逛这事，引起了大厨的强烈不满。老铁正在吧台和梦梦聊天，忽然从背后出现一个身影，露出邪恶的嘴脸，原来是大厨。大厨的笑可谓一绝，大嘴巴咧到耳朵后面，皮笑肉不笑的表情令人望而却步。他嘴里嘟囔着："隔墙有耳，她是我的。"大厨用冷酷无情的眼神和邪恶的嘴脸杀死老铁。老铁看着大厨的嘴脸反应平平。我看着眼前的场景笑出了声。老铁准备回房间回避一下这尴尬的气氛。

老铁刚走出酒吧的门,碰见精致打扮一番的威廉站在正前方。威廉皮鞋擦得锃亮,操着一口标准的普通话,说:“准备在上海干一番大事业。我要脚踏实地的一步一步登上顶峰。”为了干大事业做准备,老铁准备陪威廉买了一套帅气的西装,把头发梳成了大人模样。出门前,威廉在房间里当作老铁的面数着钱包里的大量现金,老铁看着这场景,说了句:“你数钱的样子真迷人!”

傍晚老铁当爹又当妈,还负责帮威廉买馒头鸭腿,标准的老铁扎心了。回来开馒头大会,边吃边聊,偶尔喝上几杯啤酒,他是逗哏,威廉是捧哏,到哪里都是一片掌声。多数时,他们自成一派,聊着天南海北。后来,老铁让我帮他看手机连不上网络问题,无意间看到他联系人列表,只有几个人。我质问他,他显得有些慌张,慌忙解释道:“这里都是我的家人和重要的朋友。”我半信半疑,也没多问。

后来,老铁和威廉在院子里边喝边聊,几瓶啤酒摆在方桌上,地上凌乱地扔着几个空瓶。酒到深处,威廉微醺状态回房间上厕所,好久他都没下来,我以为他醉了酒。之后我听到一阵急促的敲门声,威廉说:“我的钱包不见了。”他急忙去警察局报了警。

威廉在门口转了一圈，长叹一口气，走回了房间。不久，威廉也背着大挎包站在了门口，准备离开这里。威廉一度陷于不自信状态。终于想要做点大事的时候，钱被偷了。认识威廉有些时日，了解不是甚多。倒是威廉帮助我很多，人是善良的，偶尔问候，感觉像是个朋友。在这里，我不知道威廉有没有消掉内心的焦虑与不安，但我明白人的记忆是会逐年衰退的，它的色彩会暗淡下来，仿佛被太阳晒退了色一样，许多事都会淡忘。我拍了拍他的肩膀，说了一句："一路顺风，好运。"

夜幕降临，小胖上起晚班，这里又恢复了平静。小胖上夜班一脸不悦。小胖身高 178 cm，体重 180 斤，竟被大厨在吃饭的问题上欺负。由于小胖上夜班，吃饭时，他总在睡觉。小胖稍有抱怨，大厨便开始对小胖进行言语和身体碾压威胁。因为同住一个房间，大厨晚上故意找茬，展示肌肉进行震慑。我有几次问小胖："要不要我帮帮你？"小胖每次都说："千万不要，还在一起工作呢，不要弄得太难看。"大厨给他留的饭菜都是剩下的，留好后也是随意地摆放，好几次都被流浪猫扒过。小胖忍气吞声吃泡面度过漫长的黑夜。我看到这一幕，回到房间，拿两盒牛奶递给了小胖。小胖笑眯眯又不好意思地收下了。

小胖对我说："这里的故事完全颠覆这种平静的生活，让人迅速地忘记烦恼，沉浸在一个空幻的世界，躲在舒适区域。每个人的到来，都带着更多的懵懂，在这里会遇到很多人，大多数人都是匆匆地错过。当你蓦然回首，你会发现只有很少人能在记忆中停留。如果在某一瞬间能回忆起来，都应该算是一场美丽的邂逅吧。”

这场邂逅当然有这位朋友，他就是小胖。夜晚，我在前台不知怎么随口问了一句：“小胖，你以前做什么的？”小胖顿了顿，说：“其实我是一名武打演员，在一次拍摄中失误，前后十字韧带撕裂，后经手术治疗，现在基本恢复。”他又说：“自己上楼梯都有晃动的状况，但是必须要面对新的生活。”他边说边给我展示了他的膝关节，我看着他，想起了毛姆的一句话：“我们不是从自己的苦难，而是从他人的苦难中才学会了顺从。”

九　最难别离

雨滴不停地从屋檐下落到地面，发出滴答的声响。上午十点，听到小胖说：“今早，天还没亮，梦梦拉着行李退房了。”突然看到群里的信息，梦梦已走出机场，回到梦开始的地方。梦梦的离开不知是风的追求，还是树的不挽留。走得仓促，悄无声息地离开了，但愿这是她美梦的开始。

今天的大厨可谓是一枝花，戴了个黑框眼镜，头上还套着个耳机，在院子里学习打鼓，自我陶醉技术一流。除了击打声音大之外，没有任何特点。楼上有人睡觉被吵醒了，拉开窗户喊了一句："谁啊！出去敲打。"遭到投诉后，小胖请大厨出去。大厨没有出去，而是选择停止拍打。大厨看我独自坐着，便走了过来。无聊的大厨极力问我中午想吃什么，还没等我开口，大厨脱口而出："排骨，给你好好补补身体。"他绕了一大圈的路去买排骨。不知大厨对这里的排骨是情有独钟，还是大厨一个人吃太寂寞。

大厨买排骨是为了自己的生日宴，由于大厨没有邀请到朋友，显得寂寞许多。这时大厨发短信挑衅小胖，小胖一脸无奈。我看到了短信内容，当场就气得不行，说："这不能忍啊，走去教训他一顿。"小胖把裤脚高高地卷起，小腿纹身显露无疑，嘴里嘟囔着："啥情况。"走到大厨面前，说："敢问大厨，是不是排骨给了你勇气?"大厨操着夹杂着地方口音的普通话反问："什么?"我接着说："短信，什么意思!"大厨支支吾吾："发错了，误会，误会。"由于大厨认怂，没有发生战争。看着大厨认错态度诚恳，我对大厨说了一句："好自为之。"大厨总说自己在老家有饭店，来这边工作只为了等女朋友，女朋友因整容变美之后膨胀了，大厨被甩了。每次听大厨的描述都比当时现场惊天动地，最后的事实不予查询，也无人问津。大厨在这条路上越走越远，直到世界的尽头。鉴于大厨心胸狭隘，肯定会使小坏点，对小胖造成不必要的伤害，我对小胖说："有事情随时叫我。"小胖对我说:“其实人需要战胜的唯一对手是自己。”我看着小胖,浅浅地笑了笑。

雨越下越大,透过明亮的窗户看到无名大侠穿着蓝色工作服,外面套着透明的雨衣,在下午三点半出现在拐角处,迈着坚定的步伐走在倾盆大雨中,拉着大垃圾桶走过,又提着两大袋垃圾走过,然后在雨中骑着三轮车扬长而去,消失在视线尽头。希望他在这个硕大的城市过得轻松一些。记得他时常耳朵里塞着一对耳机,从未见他跟其他人有过交流,但他却深深地影响了我,踏实地走着脚下的每一步,穿梭在城市的大街小巷。有次我跟小胖正下围棋,是他唯一的一次逗留,只有短短的几十秒。他取下耳机,却又欲言又止。也许他喜欢沉浸在自己的节奏里。我欣赏他这种简单事情重复做的坚持。

今晚我和小胖又聊起了电影,从默片电影一直聊到有声电影,再到视听电影。又从格里菲斯聊到阿巴斯,这是一个电影时代。我说:“在这里认识的这群人像是喜剧演员,又像是悲剧演员。”小胖紧接着说:“应该送给他们每人一本斯坦尼斯拉夫斯基的《演员的自我修养》。”这是一群二十刚出头的年轻人,有的只是路过,正巧觉得有意思待了一段时间。但有些人是为调整自己,有意靠近这里。”这里更像是一个空中楼阁,避开了社会的纷扰和年纪的压力,悄然躲在身边的一块魔地。这群年轻人在这里不断地挑战着自己的傲慢、偏见、欲望和情绪。

小胖也无心工作，用手指重重地敲击了桌子几下，我晃了一个神。小胖忧虑地说："想去进修编剧，学费很贵。"我说："如果对编剧真的热爱到灵魂深处，做个职业可以。如果掺杂其他想法，仍需斟酌。"他自言自语："抓紧时间奋斗，春天已经过了。"我一脸诧异："然后呢？"他想了想，说："就像《一封陌生女人的来信》，用大量的旁白来推动故事的发展，来表现一种情绪和一种心灵对话。"小胖目不转睛地看着我说："你给了我创作灵感，准备写一个剧本。"小胖捉摸了整个晚上，今晚提交了辞职报告。

这是小胖的最后一个晚班。夜深人静时，我从房间走了出来。小胖看到我相当地意外，他问："你失眠了？"我重重地点头，说："是的。"陪他畅谈到天微亮。最后我实在困得不行，回到房间拿了两本关于编剧的书递给了小胖。我叮嘱小胖："离开的时候，把我喊醒，我送送你。"

十　蓦然回首

当我再次醒来，看到床边留下的围棋。小胖已经离开了这里，我在房间黯然神伤。记得刚来时是小胖接待，当时他刚来这里上班，操作还不熟练。拉近感情是我在困难的时候寻求小胖的帮助。作为回报，我经常请小胖吃东西来作为补偿。后来跟小胖有了一系列的交集，很多心结都是小胖帮我解开的，我很感谢小胖陪伴我度过漫长的岁月，这是一份深情。人生就是这样，正巧我来的时候他也在。没有约定，没有注定，时间刚刚好。不知道永远有多远，但是我会把感恩当做是一种信仰。

天气放晴，我走上楼顶，仰望着安静祥和的天空。这里就像空中楼阁。这是我午休后，端上一杯鸡尾酒，慢慢苏醒的地方。也同样是夜深人静时，发呆的好去处，这里曾私藏了我很多美好的夜晚。太阳从云层中再一次探出头，这里被柔和的阳光再一次唤醒。很多朋友都说这里打动了他们，才来到这里。其实打动人们的不仅是美景，还有人们心中尚存的真善美。我沉静在了这天然的诗情画意中，享受着一抹美丽的哀愁。

桃花般女子苏糖突然出现在屋顶，边收晾晒的衣服边跟我打着招呼："最近康复得怎么样？"我说："现在好多了。"我反问："你这收衣服是要走吗？"她回答道："晚上要飞回重庆，接下来会去国外学习一段时间，马上就赶去机场。"边说边抱着衣服往房间走，她突然停了一下，说："一会儿有时间吗？帮我提个箱子下楼。"我跟了过去，只见她娴熟地整理衣物，硕大的行李箱塞得满满的。我提着笨重的箱子下了楼，到门口她说："东西给我吧，在路口打辆的士就走了。"我执意送她到路口，她边走边说："自己现在才换行业，才找到自己喜欢的事情，果断重新起步，开始的阶段确实举步维艰。"在路口，她着急地摆动着双手，一辆出租车停了下来，我连忙把箱子塞进后备箱，她打开车门准备上车，忽然停住转过头对我说："我想你跟曾经的我一样，正处在那段黑暗的时光，像凌晨四点最深的夜，周围漆黑一片，是内心对美好生活的向往支撑着我度过漫长的黑夜。记得坚持住，一切都会好的。"她给了我一个拥抱，转身就上了车。我站在原地，看着她渐渐地远去。昔日温暖的画面，一幕幕地在脑海闪现。她走之后，这里即将归于平静。

总有那么一些时年，怀揣着急切到达巅峰的激情，对世界抱有过分单纯的幻想。今天天气多变，时而晴空万里，时而云雾缭绕。日落时分，夕阳慢慢地落于西边，那是我在这里见过的最美的傍晚。天色渐渐暗了下去。

今晚大家出奇地都回来很早，院子里又热闹了起来。今晚的台球比赛，将近二十个来自世界各地的人参与，大家喝着啤酒聊着天，围着台球桌成一个圈。我今天是幸运的，用巧粉擦了擦球杆皮头，拿起架杆，俯下身体专注地瞄着点位，轻轻地几次小幅度的伸出又拉回，轻松的出杆，打进了黑八，获得第一。当我的名字留到最后的时候，所有的人都过来举杯相庆，只是没有人知道，在打进黑八的一瞬间，我决定离开这里，这是我留给这里的一个转身。

后来，我回归了正式工作，往后又回去过几次，院子里安静了许多。曾经在这里遇到的人和事，都是过眼云烟。据后来得知威廉继续行走在上海，只是年龄越来越大。大厨天天做的饭菜都是他曾经问我的，可惜我没机会品尝到。他没干多久，就远走他乡了。浪里白条离开后，回老家找了一份工作，从此再也没浮出水面。秋香找到了一个爱她的男人，结婚了。怼人功力消退，跟这个世界和解了。桃花般女子苏糖成了她想成为的人。梦梦，找到了真爱，傻傻地沉迷在梦想的国度。小胖，干起了摄影助理，离编剧又近了一步，靠着善良踏实忠诚的人品，混得风生水起。其他人不得而知。对了，那个无名大侠下午三点半也许依然准时脚踏三轮车出现在那里。我已经轻松自信地走出了这里，只是这里的一切都留在了时光里。

在某个夜晚，我坐在窗边看着窗外的夜景，打开舒缓的音乐，调一杯 forever young，让思绪慢慢流淌。我突然明白人生本就是一条孤独的路，现在的我依然走在这条路上，只是我心中从此再也没了孤独。后来听说要重新装修，回去看时，院子一片狼藉，唯一完整留下来的是那段记忆。在过去的很长一段时光里，这里可以看做是一趟承载了太多希望的列车，它曾多次在我们的心灵驿站上驻足停留，留下了多少匆匆的过客和深情的回忆。

最后，终于在我再次即将离开的时候，曾经的我又浮现了出来。时间就像一只神奇的手，抹去了心里的尘土，澄清了眼角的翳霾，眼前的一切都变得崭新。我找出一张拆迁前拍的玻璃房酒吧照片，配着马尔克斯《百年孤独》中的一句话："过去都是假的，回忆是一条没有归途的路，一切以往的春天都不复存在。”

现场听见祖彪喊的最后一声“咔”，一群人站在他的后面观望，紧接着是一阵热烈的掌声庆祝纪录片的拍摄结束。电影杀青，昏黄路灯，一碟花生几杯小酒，几丝醉意，祖彪开始只言片语零星地讲述了这段故事。祖彪醉了酒，喃喃细语：“生命从来不曾离开过孤独。”祖彪回忆起当年的自己，说：“我曾度过多少个难熬的夜晚，才学会跟自己独处。”现在剪辑师忠臣一只手挥舞在空中，吟了一句诗：“孤独是一种境界。”祖彪沉默许久凝视着远方，说：“寂寞空庭春欲晚，梨花满地不开门。”

我试图这样解读过这个记录片：“时间是一座孤岛，你我也不过是无边大海里的一叶扁舟，随波逐流也好，迎难而上也罢，终究是要登上岸的。”后来忠臣喃喃细语：“《桃花坞》纪录片拍摄得真好，剪辑怎么剪？”祖彪醉了酒，一只手挥舞在空中回答道：“用蒙太奇的手法，从过去和现在两个角度。多年前，讲述着我来这里找出发的故事。多年后，讲述着我来这里找到达的故事。”忠臣好奇地问：“六年后，小胖呢？”祖彪沉默许久凝视着远方没有说话。后来祖彪站起来走得踉踉跄跄自言自语泰戈尔的一句诗：“孤独是一个人的狂欢，狂欢是一群人的孤独。”我在影片的抬头又添了一句：“向前的路才是人生唯一的出路。”

紫藤花又开

小桥流水，鱼米之乡，小巷深深，粉墙黛瓦，沾染一点江南诗情画意中的惆怅和雅致。苏州，一座地地道道的江南小城。迎着阳光踮起脚尖，仿佛就触碰到了天堂。

春风刚来，江南的紫藤就开始悄然地盛开，一片春意盎然。我无意间走进了大新桥巷一栋有着几百年历史的老宅院，这里曾住大户人家。初到此处，进门探头小觑一番，一步一景，曲径通幽别有洞天。一共有三个院子。前院名叫听花海棠，花花草草填满了整个前院，宁静恬适，还有一棵紫藤树在墙边，藤条顺着墙外的线杆 直延伸到天空。春天的紫藤树开满紫花，跟院里红的、粉的、黄的花争奇斗艳，一番百花齐放的热闹景象。中院叫清风明月。院中只有一棵石榴树，和几束矮矮的窗竹，显得开阔许多。窗中有景，景中有人，每扇窗都可捕捉到风景。秋天时，石榴晶莹剔透，零星点缀着天空。矮竹映衬着院子的诗情画意。抬头仰望，偶有白鸽在空中飞翔，白云悬浮于天空，猫行走在白墙黑瓦浅浅的屋顶。贯穿前后院的是一个弯曲的亭子，是香延亭。后院叫养心沐香。后院冬暖夏凉，又安静许多，用来居住。一座假山外加两棵枇杷树笼罩着整个后院，这里也是鸟儿的天堂。老宅院鸟语花香，皓月当空，是我心中绝美的天空之城，没有之一。

我坐在前院紫藤树下的长椅上，傻傻地凝视着正在盛放的紫藤，其实我的很多记忆都是从紫藤树开始的。紫藤花开季节，绿紫相映，素雅芳香，这是一种似曾相识的时光。四只被拾来的流浪猫喜欢躲藏其中，时而在有着几十年树龄的紫藤茎秆上磨一磨爪子，时而顺着藤条迅速爬上屋顶，成为了院中的主角。我称它们为，紫藤树下的猫。我在院中住的有些时日，来追忆这段似水流年。

清晨，轻轻推开厚重的大门，暖秋正蹲在门口两层石板台阶上。暖秋是其中一只猫的名字，因一个中秋节温暖的午后拾得而取名，轮廓清晰，外貌出众，标准的肥橘。头顶有一个封印，大概是“猫王”的象征。院中猫族的霸主，猫步穿梭于院子里各个角落。大多时候，它卧于门口，守护这片天空之城。门前的青石板小路上，行走着淳朴的人们。路边的河水潺潺，碧波荡漾。

小桥流水

鱼米之乡

小巷深深

粉墙黛瓦

沾染一点江南诗情画意中的

雅致和惆怅

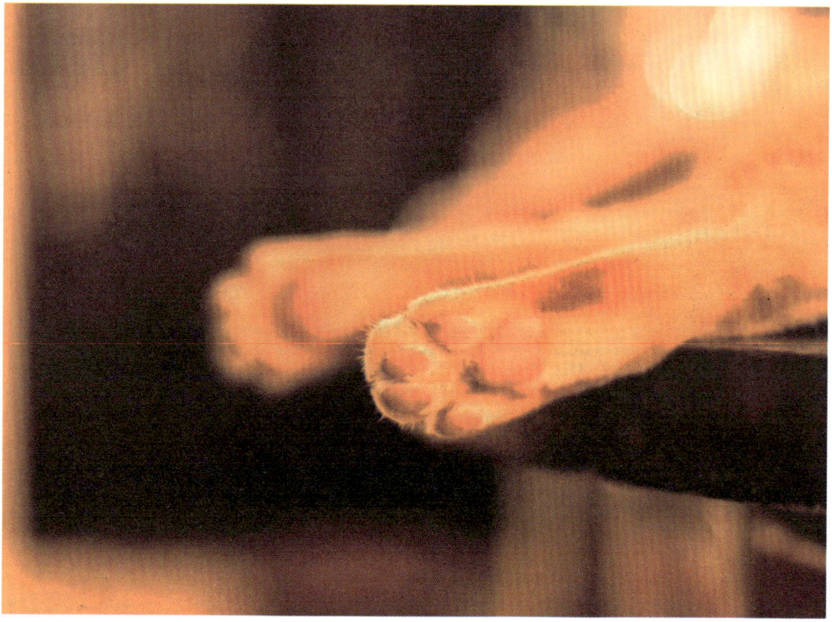

我曾无数次

坐在后院屋檐下的长椅上幻想

它们的世界

应该是色彩斑斓的

有温度有质感

只是我不曾懂得

也无法得知

后来的某一年春天
在老家院墙的池塘边
发现两朵小紫藤花开了

只是我再也不知道这是有人有意种下的
还是我对它过于思念而生长出来的

这段年华也终究随着岁月的消失而流逝
一去不复返
而珍贵的年华记忆就像存储在酒桶的酒
经历时间慢慢发酵
偶尔打开来
所有的香味都弥漫出来

阿婆摇着小船，新的一天开始了。

和暖秋共进早餐的还有雨墨，雨墨是院中的流浪者，名字以身体的颜色而得来。见到雨墨并不容易，它行云流水，轻轻来悄悄去，只有进食时才会出现。听到拾它们的主人晃动食物的响声，以迅雷不及掩耳之势的速度赶来。暖秋看到雨墨想要进门，它悄悄躲在门帘后面，雨墨刚探出头，暖秋立即伸出前爪轻轻拍打雨墨的脸，雨墨退回，换从小门进入，暖秋意识到后，迅速换小门帘蹲点，待雨墨再次探出头，又是一巴掌。几个回合后，雨墨终于躲过暖秋的埋伏，成功进门。

两只猫就餐时，一次难得的平等对话。由于猫碗摆放在一起，它们并排趴着，相同的姿势，两眼不往别处看，一心只想吃美餐，把头深深地埋进碗里，一副认真的模样。暖秋吃饱之后，伸爪试探着打雨墨的脸。我看到这一幕，忍不住地笑出了声。雨墨每次都吓得弓起腰，奈何不敢还手。等暖秋冷静后，雨墨再悄悄地溜走，逃之夭夭，一天便很难再见。

上午的时光是阿呜的美好时光。阿呜，院中的大家闺秀，生性怕人，一身白色的毛绒绒，黑色点缀其中，猫中贵族。它起床后，被主人抱在怀里洗澡晒太阳，享受着主人温柔的抚摸，不停地“呜呜”叫，楚楚动人，这或许就是它名字的由来。阿呜吃饭异常矫情，不抚摸它两下，不进食。进食时，身体蜷缩得像个小熊猫，也是唯一能和主人睡在床上的猫，被宠上天。但它一直被关在房间，像温室里不曾经历风雨的花朵，向往外面的世界。有次它趁主人不注意，偷偷地溜了出来，走起路来，屁股左右扭动，可爱至极。正准备蹲在中院享受风景，中途突然被暖秋截住，阿呜便小声“呜呜”叫了两声，嗖地溜回房间不再出来。我看着它那逃跑的温柔，像一朵水莲花不胜凉风的娇羞。从此，我便爱上了温柔的阿呜。

天空之城是梦里水乡的一缕轻烟。和阳光暧昧，和青石板暧昧，和陌生的客人暧昧。暖秋时常蹲在前台接待客人，也被称为招财猫。有次客人想撸它，但它略显高冷，一脸不屑的样子。客人抱起它温柔地抚摸。之后，只要客人张开双臂，它会跑来乖巧地躺在怀里，其实它的内心是热情的。

调酒师在这里住得有些时日，呼喊暖秋是他每天必做的功课。他对暖秋又爱又恨，爱他的颠沛流离，恨他的岁月轻狂。有次调酒师刚喝完水去厕所，回来的一幕惊呆了。只听他气汹汹地呼喊：“暖秋！暖秋！”暖秋迅雷不及掩耳之势，拔腿飞奔，跳出窗户，极速穿越中院，一头扎进后院。调酒师边喊边追赶。嘴里不停地叨咕着“舔我的水杯，竟敢舔我的水杯！”暖秋跑上屋顶，探出半个头偷偷看正气愤的调酒师。爱就爱它的可爱模样，恨就恨它的腾云驾雾。

暖秋饿了会蹲在前台凝视着主人，赖着不走。如果主人无动于衷，它便自己下来，蹲在柜子面前，顺势将一只前爪趴在柜门上，另一只爪子做弯曲状伸进柜门的把手处，将其轻轻拉开，悄悄把头伸进柜中找食物。有时，暖秋会去偷吃咕噜的饭，咕噜只能通过凄惨的叫声抗议。咕噜是这里的最后一只流浪猫，叫声沙哑。由于体弱多病，被关在笼中喂养。每次路过咕噜时，才想起它的存在，大都被遗忘在院子角落。有次咕噜被放出，出来透风，刚走到暖秋的餐盒附近，暖秋火速赶来，一次精彩的战争即将拉开帷幕。它们先是远远地对视，然后慢慢地靠近，抱在一起上下翻腾，打得不可开交，最后都是被我此起彼伏的呼喊声吓跑。

阿呜的夏天午睡美梦就是这样被我叫醒的。阿呜慵懒地卧在它专属的温暖的筐里，筐放在主人的房间大床上，靠着中院的大窗户，透过薄薄的窗纱，就能看见胖胖的它。它习惯身体缩成一团，躺在筐里，眯着眼睛似睡非睡，一副懒洋洋的样子，远远的看上去有种小熊猫即视感。除了吃饭喝水跳下床，其他时候都待在窝里望着窗外。我刚来时和它不熟，回房间它偶尔会呆呆地看着我，大概嫌我占了它的床，它之前睡我那铺的。偶尔我正熟睡突然有个东西跳我床上，迷糊中伸脚感受到软软的一大坨，我吓得躲到一边，抬头才发现是它。刚来那几天太热，屋里空调坏了，主人白天打开门让它出去玩，它大都躲在屋顶，傍晚再迈着优雅的步伐回来。后来空调修好后，就不再放它出去了。阿呜大概习惯了出去逛的状态，有时门没关紧，它就会趁机逃出去。要是半路碰上暖秋，便被吓了回来。有时跑得看不见了，主人便站在院中呼喊“阿呜，阿呜……”生怕把它弄丢了，可每次它还是会踏着午后的斜阳回来的。

午后的天空是美丽的，夕阳斜射屋顶，空气中透着暖意。中院屋檐上的白鸽在空中飞来飞去，多数时间徘徊在屋顶。加上不远处电线杆上的鸟儿，挂满无限风光，热闹至极。偶尔一群大雁会从空中飞过，排成人字型或是一字型，还有远处的叫不出名字的大鸟。四只流浪猫待在屋顶，常客暖秋和雨墨，加上偶尔出来透风的咕噜和阿呜。四只猫三三两两，时而紧紧地靠在一起，时而懒懒地眯着眼躺着，或是摆动着尾巴眺望远方，亦或是行走在屋顶的瓦片上。相互追逐或是对视，嘻嘻闹闹也是时常的事。这场绝美的盛宴，像是在等待着我来宣布舞会开始。

有次外来的野猫爬上了后院的屋顶，雨墨突然快速冲上云霄拦截，紧接着是长时间对峙，并不断发出叫声。此刻，暖秋躲在远处静静观望，不参与打斗。有时感觉暖秋可爱又可恨，好像它理解一辈子的打斗最后都是一场空。雨墨长时间的嘶叫，总能惊动到主人，主人拾起一颗石子，抛向屋顶，外来者开始警惕，石子沿着屋檐滑落到地面。来回几次，一切的弱势力都烟消云散。雨墨静静地蹲在屋顶凝视着远方，夕阳照射在雨墨身上，它的眼睛在柔和的光线里晶莹剔透。在某一个瞬间，感觉雨墨才应该是天空之城的守卫，守护这栋老宅院。我曾无数次坐在后院屋檐下的长椅上幻想，它们的世界应该是色彩斑斓的，有温度有质感，只是我不曾懂得，也无法得知。

暖秋总喜欢在我腿边跳来跳去。有时，我安静地坐在院中，它突然从我身后窜出，惊吓我。对它隔空喊话几次，效果甚微。有次把我逼急了，随手扔了个空瓶子吓唬它。后来它再看到我，先偷瞄我，默默地翻山越岭绕开我。有次我坐在那里，它想靠近又不敢的眼神让我看透了，我眯着眼睛温柔地看它，它小心翼翼地向我走来，在我腿上蹭两下示好。这时，我假装吓它，它就跑开蹲在不远处看着我。那一刻感受到了暖秋春天般的温暖，从此我便爱上了外表冷酷内心温柔的它。后来它再看到我，便会跑到我身边蹭两下打个招呼，然后再离开。暖秋曾被外人抱走喂养，由于它的调皮，不听使唤。有次还故意把人家高处的贵重物品扒掉，对它喊话，它一动不动地趴在地上装无辜，可爱又可气。后又被送回天空之城。这应该是暖秋的归家宣言。

暖秋时常在天色渐暗时，蹲在中院仰望天空。这是暖秋唯一的独处时间，没有复杂的纷争，避开世人的打扰。我总是远远地从背后凝视着它，这也是我最心疼它的时候，总想去摸摸它，又怕打扰到它，或许这是它一天中最惬意的时光。从它的视线延伸出去，是那棵中院的石榴树。满树的石榴，挂在枝头，摇曳在空中，浅笑中藏着整个夏天的期待。中秋节才会成熟，这也是一个内心成长的过程。这棵石榴树摇曳着暖秋的记忆，因为只有它自己知道怎么在中秋节流浪到了这里。

傍晚，桥下穿梭着阿婆的小船，载客亦或是载物，船桨拨动着流水，水中穿梭着我那流动的青春，一起流走的还有那再也回不去的夏天。暖秋蹲在门口，东边旁院阿婆家的白色毛绒绒的小狗多利，常跟着阿婆来串门，温柔善良，经常在门口蹦跳着陪送来往的行人走一段路，可爱至极。每次它走远后，就被阿婆喊回，它和暖秋相处融洽，也算是一个老朋友。隔壁西边阿叔家的咖啡色小狗多哈，生性凶猛，经常看到两只狗在天空之城门口打得不可开交，暖秋躲在门后偷偷观望。当任何一方侵占到天空之城领地时，暖秋会猛得冲出，伸出右爪挠它们的脸，两只狗常被突然出现的暖秋吓走。

暖秋有时也会抽风，高傲的性格总是伴随着孤僻。某一瞬间发现它躺在地上，跟着旋转在半空中的小球不停地转圈，像一个陀螺在地上转，实在让人哭笑不得。每当它转圈的时候，我都远远地呼唤它的名字。它的世界好难懂，但是又让人心疼。它曾在路上调皮翻滚玩耍，被过路的车子不小心轧到过，还好没受到太大伤。也许这就是生活的意义，就像你永远不知道意外和明天哪个先来临，那些很真的爱又隐藏在时光里。

暖秋曾得到一位画画女生的厚爱，她从外地过来采风，住在了前院。白天出去采风描绘，晚上回来会陪伴暖秋一个时辰，喂给暖秋许多食物。暖秋感觉到的是偏爱，情有独钟的爱。第二晚，她回来把暖秋抱回房间，除了带给它美食，还用怀抱温暖了它。直到深夜女生要就寝了，才把它放出来。暖秋蹲在院子里张望，不情愿地离开了。第三个夜晚，暖秋早早地就蹲在了她的门口，看见她回来，抬起头温柔地叫了两声，乖乖地钻入她的怀抱，又是一个美好的夜晚，美好得不敢想象。第四天清晨看见暖秋时，它正蹲在前台对视自己的素描画像，凝视着熟悉而又陌生的自己。当晚，暖秋继续静候佳人，早早地蹲在她的门口，主人喊它吃饭都不搭理。坚定而执着地等待着只属于它的蔚蓝。已是深夜，暖秋缩成一团仍蹲在门口，只可惜她没有归来，其实这晚她已经离开了这里。那幅素描画像是女生留给它的礼物。有多少等待，一别就是永远。一大早，主人开门，发现暖秋依然蹲在女生曾住的门口，主人走过去摸了摸它，说了句："挺深情的啊，秋～"把它抱了起来。后来，暖秋时常与自己的素描画像对望，想念着那段只属于它的短暂美好时光。

后来的一天，无意间发现后院的假山是猫另一个来去屋顶的地方。从假山向上跳跃，跳到枇杷树，从树干再跳到高高的院墙，顺着沿壁一路小跑到屋顶，眼前是一片蔚蓝的天空。雨墨待在屋顶沐浴着来自天堂的阳光和自然的微风，如痴如醉。有时遇到细雨绵绵的梅雨季节，屋顶湿滑，它们只好躲避在不漏雨的假山洞里。后来才知道雨墨经常躲在洞里，不问来世。

晚饭后，阿呜被主人抱在怀里走在路灯下的平江路，它趴在主人肩上看着陌生的世界。平江路是苏州的一抹岁月。青石板铺就的长长的路面，众横交错的石板路连通着每条幽深的小巷，每户人家都依水而居。路上偶有婉转悠扬的琴声，阿呜陶醉其中。苏州的生活都藏在评弹里面了吧。走在平江路别有一番情趣，姑且叫夜游江南。沿着河边行走，稀稀的灯浅浅的光，似梦境一般扑朔迷离。石板路上走着熙熙攘攘的人群，河边的垂柳始终被浅浅的灯光照着，掠影浮动，寄托着阿呜太多的相思。

在这里，深刻地感受到江南人们“夜半钟声到客船，听取蛙声一片”诗情画意的生活气息。昏暗的灯光下，暖秋蹲在门口台阶上，眺望着远方，好似知道夜幕的降临，等待主人的归来，又好似感叹一天守城的结束，有种高处不胜寒的孤独。

夜深了，路灯罩着漆黑的小巷，小巷已少有人走，周围一片寂静。阿呜在房间睡得懒懒的，暖秋蹲在门后的角落里憨憨的，咕噜在笼子里静静的，雨墨不知流浪去了哪里过夜。猫们都睡着了。我便轻轻地关上了门，这个深夜静悄悄。

正是枫叶红遍的秋天，深秋即使带凉也漂亮。天空之城在清晨苏醒，院子里的树叶变得微黄，层林尽染。就在这个秋天，主人离开了天空之城。那天，我站在门口扭着头凝视主人离去的背影。主人提着篮子走在青石板的河边小巷，篮子里卧着的阿呜偷偷地探出了头回望，一路向西渐行渐远。夜幕降临，我坐在门槛上，河边只有微弱的灯光，有些地方甚至没有灯光，反而映衬出那晚的月光如水。月亮在河中倒出清晰的影，星星围绕着月亮安静地睡在河中央。那晚的天空之城美不胜收，但我却没了以往的兴奋，我清晰地知道那些时光已不复存在。

不久的后来，咕噜还是没能抵挡住体弱多病的折磨，离去了。它被埋在后院假山旁的枇杷树下的土堆里，土堆上放了一块石头。院中只剩雨墨和暖秋，它们也不再打架。多数时候，看到它们形影不离。天空之城的三个院子都清静了许多，只是偶尔暖秋会蹲在后院枇杷树下扒着什么。有一天，我走进才发现原来暖秋对咕噜的思念已化成一道深深的沟。

我即将离开这里。离开并不是结束，它更像是一种深埋，一种封存。我回头仰望天空之城，想起《纳兰容若词传》中的一段文字："这一刻，夜合花的花瓣无声地飘落，牵着我恍惚迷离的视线，飞过杨柳堆烟的庭院，飞过深深似海的侯门，飞过忧伤的雨丝与明媚的山河，锁进了一所结满春愁的江南庭院。"

紫藤花又开

最难忘怀的是老家的紫藤树。紫藤树有两棵，在门前池塘边，它们缠绕在一起，占据整个小院，成了我的童年乐园。乐园里还有一个发小，比我大一岁，扎着乌黑的马尾辫，一双会说话的眼睛,声音也格外轻盈。她住我家隔壁,因常在一起玩,我俩成了两小无猜的好伙伴。

春天时,紫藤树浓密的枝叶伸向天空,紫藤花也正在怒放,在蓝天的映衬下宛若一幅油彩画。我喜欢顺着藤条向上爬,躲藏在茂密的绿叶里,呼喊着她的小名。她听到后就会跑来,仰起头和我说话,而我总是傻傻地冲着她发笑。

我时常听到火车的声音,和其他小伙伴的呼叫声:“火车来了!火车来了!”而直接跳下紫藤树,奔向高地去看火车。火车沿着家附近的火车道蜿蜒过来,慢悠悠的老式火车,车头冒着浓烟就开过来了,“嘟——况且况且——况且况且”的声音由远及近变得响亮。她也跟着跑了过来,站在高地。我们清晰的看到了车厢和车轱辘,长长的连杆连着一排红色的大轮子,有节奏有秩序的一圈一圈的转动。我们追逐着,欢乐地数着车厢的节数,直到最后一节车厢消失在视野里,我们才肯回头。

她上小学后,我便形单影只,每天站在紫藤树下等她放学。有次我跟着她走了一段上学路,路上宽阔的绿荫绵延了好几公里。我边走边好奇地问:“学校里都有什么?”她一脸认真地对我说:“有大大的教室,严肃的老师,还有发亮的黑板。”我皱了皱眉,问:“那什么是黑板?”她顿了顿,也不知如何解释是好,只是说:“黑色的,上面可以写字。”不觉间已走了很长的路。她转头对我说:“我带你去上学吧!”我踢飞了一颗路上的石子,兴奋地跑了起来。到学校跟着她走进教室，陌生产生的恐惧使我胆怯地坐在她身旁不敢动，只是睁大眼睛环顾四周。老师把目光投向我，问："你站起来，哪里来的？"我吓得腿哆嗦，她慌张地站了起来，说："他是我弟。"不久的后来，我也可以背着书包上学了。那时乡村都是泥泞的小路，走起来很累、很苦。但不可否认这是一段美好的时光。

春风时不时吹拂着绿叶，紫藤花正在盛开，鸟儿停落在枝头。她站在紫藤树下，仰头对我说："我们去田野放风筝吧！"于是我跳下树在屋角找来破旧的雨伞，又找了几根枝条和一卷尼龙绳。蹲在紫藤树下，开始裁剪、穿插、缝线、穿绳，她蹲在我身旁全神贯注地看我制作。制作好后，在院子里试飞，可怎么也飞不起来。她指着风筝，甜甜地说："没有尾巴！"我挠了挠头，才明白过来。于是急忙跑进屋拿出一块布，剪成两条长长的宽带，缝在风筝尾部。我们来到田野逆着风奔跑，风筝越飞越高，她兴奋地喊着"风筝飞起来了！飞起来了！"湛蓝的天空如同洗过一般，我陶醉其中，享受着蓝天、微风和麦田，还有高空若隐若观的风筝。风筝像浮萍随波浮动般地乘着风将我手中的线绷得紧紧的，两条长长的尾带也在空中飘扬。我盯着蓝天里的风筝，沿着田埂继续跑，忽然一脚踩空，扑通一声翻进麦田，丢了绳的风筝随即飞进蓝天。她慌忙跑向我，蹲在田埂上弯腰把我拉了起来。她连忙拍掉我手上沾的泥土，左看右看，小声说了一句：

“还好没有流血。”我们站在麦田咯咯地发笑，夕阳洒在麦田，也洒在我们的脸颊上。童年的逝去，像那断了绳的风筝，大风吹着，一头扎进蓝天，消失不见了。

夏天的紫藤树，在花瓣散落一地后，绿叶扶疏。斑驳的影子在地上晃动，那是风在扰动着绿叶。上初中后，我和她便开始了住校生活。初二的初夏，学校组织爬山，我们并肩坐在山顶大石头上，双手抱膝，眺望着远方。村庄渺小，模糊不清。曾经走过无数次的上学路，也变成了一条隐约可见的细线。她疑惑地问：“外面的世界到底是什么样子的呢?”我凝视着远方，缓慢地说：“长大后，我们一定要去看看。”这便是我们第一次站在遥望故土对外面的世界所作的遐想。我坚定地对她说：“我们都要考上大学。”她点了点头。随后找遍半个山坡寻觅到一块椭圆形的鹅卵石，在上面刻下“我们一起考上大学!”几个字，把刻有字的鹅卵石藏在岩石缝里，还特地找了一块大石头封堵住口，留下念想。

那年夏天，我在紫藤树下收到的高中录取通知书，而她选择上中专，学门技能早点进入社会。开学那天，恰逢大雾，我俩结伴去镇上车站，乘绿皮火车到县城读书。一早从紫藤树下出发，顺着铁路沿线走，一路上人烟稀少，雾气腾腾，我们彼此陪伴，并未感到害怕，大约走了两小时才到车站。绿皮火车是那时候的远行方式，每扇车窗都能打开一半，火车飞驰起来，格外地凉爽。火车进站，由于车上满满都是人，车门根本打不开，只好从窗户翻入。我们在混乱的人群中被挤散了，只记得尽力上车的约定。那时的我个子矮，够不到车窗，猛地一跳，用力抓住窗边，然后使劲蹬腿，在精疲力尽时，热心的人推了我一把，艰难地从窗户爬了进去。上车后，我急忙望向站台，还有许多没上车的人，未寻觅到她的身影。火车开动后，我试图在车厢里去找她，好几次我都被高大的人们挤得离开地面，就这样被夹在过道动弹不得，一路上默默祈祷她也能上来。火车就这样一路慢悠悠的开一路停，不仅到站停，有时为了避让快车，也会停很久，我就这样在拥挤中焦急地等待。火车终于到站，出了车门站在月台上，回头看时，她正满脸笑容地奔向我。她描述当时上车的场景："我着急地看着车窗，车下没剩多少人了，也没发现你。我靠近列车，跳着试了几次，都碰不到车窗。最后一个中年大叔得知我想上车，就用力地把我托起，从车窗塞了进来。"我听到这，也放下心笑了起来。出了站，我们回到各自的学校。

她中专没读完，就辍学外出打工了。打工走的前一晚，她一个人在紫藤树下站了很久。次日，远处的白色大巴开过来，我连忙把笨重的行李先提上车，转过头对她说："上车吧，路上注意安全。"告别时，她从上衣口袋里取下一封信，递给了我。她匆忙上了车，还没等她回头，车门就关了。车缓缓驶离，她透过车窗的眼神中带着离愁。那一刻，我楞在原地想："有时觉得这个世界很小，在茫茫人海中就这样相遇。有时又觉得世界很大，明明是曾经朝夕相处的人后来却渐行渐远，被岁月和空间冲散，直到沦为半个陌生人。”就这样我带着难过的心情回到学校，认真备战高考。我和她的故事渐渐在记忆的海洋里慢慢沉底。

秋风萧瑟，紫藤叶渐渐萎枯脱落，树枝变得稀疏干瘦。地上枯叶打着转，翻转着，有的被吹到池塘，有的化入泥土。秋雨斜斜，在池塘上点出一阵阵涟漪，此时的紫藤树像是在望向这秋雨，这池塘也没了往日热闹欢乐的动静。

我读大二的那年，她已打工多年，辗转多地，刚好来到我在的城市打工。在异乡这种乡土友情弥足珍贵，于是我转了两趟公交车去见她。许久未见，远远地看到她在向我挥手时，我也向她挥手。她已不是那个我送她离开县城时稚嫩未退的样子，我有些不知所措，尴尬地笑着走向她。岁月更换的面容和举止，让我们都感到了一定的陌生。“你都长大了。”她开口说道。“是啊，我们都长大了。”我说。我们边说边走进一家饭店，坐下后，她阔气地问：“想吃什么？我请，我都挣钱了。”我看着她，说：“最想吃的还是家乡的味道。”饭桌上，在腾腾热气中回忆氤氲往事，时而碰杯，欢乐围绕着久别相聚的宴席。有时我便只顾摇头，心里想“难得！难得！”我抬起头对她说：“你还记得吗？以前每到秋天，我就喜欢爬上你家屋后那棵柿子树，摘些还是生涩的柿子，放在麦仓里。烘熟后，每天放学回来拿出两个来吃，真是美滋滋的。”她故作抱怨地说：“我家的柿子都是让你给吃差不多的。”我忍不住笑了起来。

随即我们又聊到院中的葡萄树，依水野生长。她说：“到了夏天，你家整个院中挂满葡萄，我们每天搬个小板凳坐在葡萄棚下，时不时地摘掉半熟的葡萄，用井水冰一冰，在炎热的夏天，一颗一颗地吃。”她话音刚落，我吃着菜抢说道：“甭提有多爽！”

直到最后我们都没提起老家门前的那两棵紫藤树，我不禁回忆：“那年，家里因为建房屋的缘故，父亲把紫藤树砍掉了，一起砍掉的还有那森林般的童年。现在它不在了，我想我们都很怀念它，只是我们不愿再提起这件往事。”临别时，她送我到公交站，我上车后，转头看到车窗后的她也像当年我送离她出县城打工那样地站着，“我们真的都长大了。”我在想。

冬天的紫藤，很难见到一片枯叶，藤蔓枝条毕露，寒风吹过来，垂下的树枝就跟着晃动，一幅凄凉景象。下雪天，它就融入整个消寂气氛中，好像在安静地回忆曾经的枝繁叶茂、馥郁馨香，不愿被打扰，其实也没人打扰它了。

这年冬天，我放寒假，她也回老家，于是我们一起搭乘红皮火车。车站依然人山人海，我拎着她的大箱子，在喧嚣躁动的候车大厅。离检票还有半小时，人们已经开始向检票口涌进，我们早已习惯了这种拥挤。站在月台，我护着她踏进车门，回家的心也落下。因她没有买到坐票，我便把我的座位让给了她。火车开动，窗外是山一程水一程的风景，窗内是形形色色的人。旅途中，她说："你坐会儿。"我说："不用，我不累。"深夜的车厢，已经不再喧嚣，她也趴着睡着了，车厢也在入睡。我能想象此刻车头依然奋勇，拉着整个睡眠中的自由人穿梭在黑夜里。

我幻想起来，假如黎明到来，太阳在列车一侧冉冉升起，阳光穿过车厢，金色的光洒在我们身上，像那首《从前慢》的几句——从前的日子慢；车，马，邮件都慢；一生只够爱一个人——带给人满满的对流金岁月追忆的幸福。我和她下车是凌晨六点，她说："现在车票难买，你把返校的车票提前买了吧。要不然你还得再跑一趟。"于是她陪我在冬日的清晨车站售票厅排了两个小时的队，冻得瑟瑟发抖。后来她重感冒了，这一直是我藏在内心愧疚多年的事。

我大四那年，她去了其他城市，我们的联系更少了。再后来她嫁到了远方，此后多年回老家都未见到她。好多年过去了，每次回故乡，都有一种说不出的滋味夹杂在乡愁中。这段年华也终究随着紫藤树的消失而流逝，一去不复返，而珍贵的记忆就像储存在酒桶的酒经历时间慢慢发酵，偶尔打开来，所有的香味都弥漫出来。

前些年，在一个阳光明媚的午后，我一路气喘吁吁地冲向那个山坡，跑遍满山野，仍未找到当年藏的那块石头，但藏在内心的这份感动，从来没有随着岁月的流逝而淡忘，却愈发地强烈。

站在当初和她一起双手抱膝而坐的石头上，眺望远方，远方的山村更小了，暗暗地叹息："世界原来是这样的。"在家翻旧日记本时，一封信从泛黄的书里掉了出来，看着稚嫩的笔体，发黄的信页，清晰的落款，正是当年她打工走时送给我的信件。当年理解难免稚嫩，我不禁拿了起来念了又念："故乡那一抹挥不去的记忆是那两棵紫藤树，根连在土里，叶触在云中。每到春暖花开的季节，绿紫相映，素雅而芳香，爬到树上摘下含苞待放的花蕾，放进口中微微甜，那是童年的味道。这里也是鸟儿的天堂，听着叽叽喳喳的叫声，恍若一首交响乐协奏曲。我们时常坐在树下乘凉，鸟儿在树上飞来飞去，时而调皮地落在不远处啄食，时而徘徊在枝头站成一排开会，一幅春江花月图，那是我们无忧无虑的童年。"手捻着信，眼前又浮现出那幅画面：我爬上紫藤树，沉浸在一片紫色的海洋，站在树上叫她的名字，她来到树下，冲着我笑，我也冲她笑……

后来的某一年春天，在老家院墙的池塘边发现了两朵小紫藤花开了。

这个寂静的夏夜，阿木在回首来时的路时，他呆呆地凝视着窗外：

那些痛苦撕裂的夜，迷失的街，残缺的月；
那些爱在日落黄昏，午夜降临，黎明破晓。

时间像是浸在墨汁里的一幅画，画上的山川，山川上的河流；
你我不过是无边大海中的一座座岛，岛上的风，风中的故事……

谨以此书献给三十岁的自己，

以及那些为梦想努力奔跑的人们。

图书在版编目(CIP)数据

时间的岛/贾森著. —上海:上海三联书店,2020.9
ISBN 978-7-5426-6977-3

Ⅰ.①时… Ⅱ.①贾… Ⅲ.①短篇小说—小说集—中国—当代 Ⅳ.①I247.7

中国版本图书馆 CIP 数据核字(2020)第 015310 号

时间的岛

著　　者 / 贾　森

责任编辑 / 冯　征
装帧设计 / 徐　徐　党　昕
摄　　影 / 贾　森　王聪聪
监　　制 / 姚　军
责任校对 / 张大伟

出版发行 / 上海三联书店
(200030)中国上海市漕溪北路 331 号 A 座 6 楼
邮购电话 / 021-22895540
印　　刷 / 上海惠敦印务科技有限公司

版　　次 / 2020 年 9 月第 1 版
印　　次 / 2020 年 9 月第 1 次印刷
开　　本 / 890×1240　1/32
字　　数 / 120 千字
印　　张 / 6.875
插　　图 / 14 页
书　　号 / ISBN 978-7-5426-6977-3/I·1604
定　　价 / 42.00 元